www.ingramcontent.com/pod-product-compliance
Lightning Source LLC
LaVergne TN
LVHW051535170726
843492LV00006B/1778

زوُج النسَاء الأربَع

وحِكايات أُخرى

توفيق الحَلاق
TAWFIK ALHALLAK

زوجُ النسَاء الأربَع
وحِكايات أُخرى

قصص واقعية

زوج النساء الأربع

اتصل بي هشام العيسى عبر الهاتف الأرضي، ضاحكًا بين الجملة والجملة، مبديًا سعادته الغامرة بموافقتي على استضافته في برنامجي الشهير (السالب والموجب)، باعتباره زوجًا لأربع نساء.

قبل ذلك الاتصال لم ألتقِ أو حتى أعلم أن مثل تلك الحالة موجودة في بلدتي (دير عطية) التي وُلدت فيها وترعرعتُ حتى سن التاسعة، ولا في الحي الدمشقي باب توما الذي يفعتُ فيه حتى غدوتُ شابًا. لكنني أسمع بين حين وحين، من شيخ الجامع يوم الجمعة، ومن البرنامج الديني الذي يقدمه مروان شيخو في الإذاعة السورية، عن حق الرجل في الزواج من أربع نساء كحدّ أقصى، على أن يوفر لهنَّ الكفاية المعيشية والمعاملة العادلة. وتمر تلك الأحاديث على أذني مرورًا عابرًا لا يُخلف أثرًا، طالما لا تعنيني ولا تعني أُسرتي أو مجتمعي، كأنها فائضة عن المفيد اللازم.

لذلك أثار اتصال هشام العيسى فضولي كمواطن عليه أن يعرف مزيدًا عن وطنه والشعب الذي ينتمي إليه، وأيضًا كمحرّر ومذيع لبرنامجٍ يعرض قصصًا اجتماعية مثيرة تشغل ملايين الناس أسبوعيًّا. غير أنني من حيث المبدأ، استنكرتُ ذلك الأمر الذي أجد فيه عنصرية جندرية فاقعةً ضد المرأة، وتخلفًا حضاريًّا يعود بمجتمعنا إلى عصور الانحطاط.

وقد وجدتُ في لقاء هشام وزوجاته الأربع فرصةً لإدانته وأمثاله من الديوك. ذهبتُ إلى العنوان الذي حدَّده لي في شارع بغداد- حي القزازين، وسألتُ هناك عن حانوت الكوّى هشام العيسى، واهتديتُ إليه، وقرأتُ على اللافتة التي تعلو باب الحانوت (مصبغة العيسى الحديثة لغسل الملابس وكيها وصبغها، وتنظيف السجاد على الناشف). واجهة الحانوت الزجاجية عريضة، تظهر من خلالها الملابس المغلفة بأكياس النايلون والمعلقة إلى السقف. كما رأيتُ رجلًا خلف الحاجز الذي يفصل بينه وبين الزبائن، يستلم من زبونةٍ كيسًا طافحًا بالملابس.

حينها ولجتُ إلى الداخل، فلما رآني أسرع بالخروج من باب جانبي للحاجز، وهو يهلل: «أهلًا بالأستاذ، أهلًا بـ(السالب والموجب)». قلتُ وأنا أجاهد عقلي وضميري لأتواطأ مع حفاوته: «شكرًا أخي هشام، دعنا نكسب الوقت، وعرفني إلى عملك ونسائك؛ كي ألمَّ

بالموضوع قبل تصوير الحلقة معكم بعد غدٍ الاثنين».

لم يغير كلامي شيئًا من سلوكه، بل استمر في استعراض فتوته وغناه، فشبك كفه بكفي، وسحبني برفق إلى داخل الحانوت، ونادى: «تعالَ يا مصطفى، وخذْ مكاني؛ ريثما أُطلع الأستاذ توفيق على شغلنا في المصبغة». وتعبير مصبغة مفهوم دارج بين السوريين، ويعني الحانوت الذي يغسل الثياب ويكويها، ويصبغها بلون جديد إن رغب الزبون في ذلك.

أطلعني هشام وهو يتقدمني، بقامته المتوسطة المكتنزة باللحم والشحم، على سير عملية الغسل والتجفيف الآليين، وعرفني إلى ستة عمال يكوون السراويل وقمصان الرجال وأثواب النساء. الحانوت طويل عريض أشبه بمعمل صغير نشط. ثم ولج بي من باب معدني في صدر الحانوت إلى فسحة سماوية، وأغلقه دوننا، وقال: «وهذه داري، ولقد بنيتُها على ذوقي». كان واضحًا تماهي البناء مع الدور الدمشقية القديمة، فهناك ساحة كبيرة مغطاة بقطع الرخام الأبيض والوردي، في وسطها تتوسطها نافورة تطفُّ منها الماء، وتسبح فيها سمكات زهرية اللون مختلفة الأحجام. وتطوق الساحة خمس غرف وليوان، وتعلوها في الدور الثاني خمس غرف أخرى. وعلى جدرانها اصطفت عشرات أحواض الورد مختلف الألوان.

ويمجرد جلوسنا على أريكة وثيرة في الليوان، وهو فسحة لا باب لها مفتوحة على الساحة، ويرتفع سقفها إلى مستوى سطح الغرف في الدور الثاني، وقد زُينت الجدران برسوم ورد وغزلان وأشجار. صاح هشام: «تعالوا.. تعالوا، سلموا على حبيبنا الأستاذ». فُتحت أربعة أبواب في لحظة واحدة تقريبًا، وظهرتْ منها أربع نساءٍ جميلات، بحللٍ بديعة، تزينت أيديهن وأعناقهن وآذانهن بأساور وأطواق وأقراط من الذهب الأصفر اللامع، وتباينت أطوالهن وألوان بشراتهن وأوزانهن.

أقبلت السيدات نحوي، تتقدمهنَّ الكبرى، أو الأُولى كما أسماها هشام، وهي تصافحني، ثم التي تليها في السن، والتي عرفها هشام بالثانية، ثم الثالثة، والرابعة. والملفت لي ما ظهر من احترامهن لبعضهن وابتساماتهن التي تُوحي بسعادتهن. وطبعًا لم يفلح ذلك المشهد في تغيير قناعتي حول مسألة الزواج بالأربع أو حتى باثنتَين. لكنني مارستُ في ذلك الوقت دور الصحفي المحايد، بغض النظر عن قناعتي ومشاعري.

سألتُ الزوجة الأولى، وهي الأكثر امتلاءً بينهن عن اسمها: «كيف تعرفتِ إلى هشام؟»، فقالت: «اسمي حورية، ولم أكنْ أعرف هشامًا من قبل زواجنا، والدته وأختاه زارتا بيتنا، وراقبتا مشيتي وشكلي وأنا أقدم لهما القهوة والحلويات، ثم طلبتا من أمي أن

تصطحبني صباح اليوم التالي إلى حمَّام السوق، حيث نلتقي بهما هناك، ونستحم معًا. وتلك عادة متبعة ومقبولة للتأكد من أن العروس خالية من التشوهات الجسدية. وهكذا نجحتُ في الامتحان. ثم جاء دور الرجال، حيث التقى هشام ووالده المرحومُ أبي المرحومَ، واتفقوا على المهر المعجَّل والمؤجَّل، ونوع الخاتمَين الذهبيَّين لنا والمجوهرات التي سألبسها ليلة الزفاف، ومكان إقامة حفل الزفاف. وبعد ذلك عُقد القران في بيتنا، حيثُ رأيتُ هشامًا للمرة الأولى، في أثناء تلاوة المأذون الشرعي العقد.

وهكذا أصبح بمقدورنا الذهاب معًا مرةً كل أسبوع إلى الحديقة العامة أو المطعم على أن ترافقني أمي أو أختي». سألتُها: «وهل شعرتِ بعد تعرُّفكِ إليه بالارتياح؟»، قالت وقد استبد بها الخجل، كأنها تعيش اللحظات التي مضى عليها خمس عشرة سنة: «الحقيقة أنني كنتُ في الخامسة عشرة من عمري، وهو في ضعف عمري، وكنتُ أسيرةً لفكرة أن عريسي سيكون الفارس الذي يحملني على جواد أبيض، وأكثر ما يشغل تفكيري هو أن أتباهى أمام أقربائي به، فكنتُ أحفظ ما يقوله لي من عبارات الغزل، لأرددها أمام صديقاتي وقريباتي، مثل: بياضك جنني، عيونك سحرتني، لا أنام من شوقي لرؤيتكِ. ولم أهتم لشغله بقدر اهتمامي لعباراته الرقيقة، ولغنى والده». سألتُها: «هل تذكرين كيف شعرتِ وأنتِ عارية في

الحَمّام، تتفحص أعين أمه وأخته تفاصيل جسدكِ؟»، فأجابت: «عرفتُ أنني سأعجبهما؛ لأن أمي طمأنتني بأن جسمي رشيق وجميل، فلم أتوجس من النتيجة». فأحسستُ، وأنا أستمع إليها وأراقب انفعالها، أنني أمام شخصية أنثى مصنعة منذ ولادتها على شاكلة أمها وجدتها وكل أنثى في محيطها، وقوامها أنها فتاة مؤهلة للبيع تحت صيغة الزواج لعريس يملك ثمن جمالها وقدرتها على تحمل طباع زوجها، وخبرتها في إعداد الطعام، وتنظيف البيت. وليستْ محل تقييم لشخصية مفكرة حرة.

وقد أفزعني أن تكون كثيرات من بنات سوريا على شاكلتها، ونحن في الربع الأخير من القرن العشرين. لكنني مع ذلك حافظتُ على هدوئي إلى النهاية.

تمحور السؤال التالي لبقية الزوجات حول موافقتهنَّ وأهلهنَّ على الارتباط بشخص يتزوج واحدة ثم من اثنتَين ثم من ثلاث؟ وكانت أجوبتهنَّ صادمة لعقلي وضميري، فقد قالت الزوجة الثانية ذات الطول الفارع والقوام الرشيق والبشرة القرمزية التي تشبه تفاحةً بلون الورد: «كنتُ في العشرين، وخشيَ أبواي أن يفوتني قطار الزواج، ووجدا في هشام رجلًا مقتدرًا وكريمًا ولطيفًا، فلماذا لا يقبلانه طالما أن الله أحلَّ له أربعًا. وأنا مقتنعة بهذا الأمر كذلك، فلم أعترض، والحمد لله، لم يخِبْ أملي وأملهما في هشام».

رأيتُ وأنا أستمع إليها علامات الرضى على وجهها، فكنتُ كَمَن اصطدم بجذع شجرةٍ تجاوز عمرها مئَتَي عام، فأفاق من حلمٍ عاشه واطمأن إلى ناسه اللطفاء العقلاء، وارتاد فيه المسارح ودور السينما والمكتبات المكتظة بالمؤلفات الأدبية والعلمية، وشاهد فيه مدارس وجامعات تعج بالطلبة والطالبات، واعتقد أن ما قرأه عن مجتمعات العبودية مجرد سيرٍ تاريخية مضت وانقضت إلى غير رجعة. فأخذتني الدهشة، وشعرتُ لدقائق أن ما أعيشه الآن هو الواقع، وما عدا ذلك فهو محض زيف ونفاق، وأنَّني ضحية تفكيرٍ أفلاطوني لا يمتّ للعقل الجمعي الذي يسير على نهجه مجتمع المدينة والريف على حد سواء، وتداعت إلى ذاكرتي قصص زواج أمي وخالتي، وكل قريباتي من دون استثناء، فلم أجد بينهنَّ واحدةً خرجت من قوقعة التقليد إلى عالم الوعي بكينونتها كإنسان يستحق العيش بحريةٍ وكرامة.

حال الأنثى في بلادي، على اختلافاتهن القومية والإثنية، يرضخ بأشكال مختلفة إلى العنصرية الجندرية، وما يترتب عليها من شعور بالضعف حيال الرجال والسلطة الدينية والقبلية، وسلطةُ التقاليد الاجتماعية الموروثة، وسلطة القانون التي تتماهى مع كل تلك السلطات تحت مسوغ الأمن الاجتماعي. أعرف أنني وأمثالي، من الفنانين والأدباء والصحفيين، نشكل قلة لا تكاد تُذكر، وأنْ

جهودنا لن تثمر في المدى القريب ولا حتى البعيد، وربما ستظل حرثًا في البحر، لا طائل منه سوى التعب المضني، ثم الركون للقدر.

لم تكن الزوجة الثانية الأجمل والأصغر من سابقتها، ترزح كما توقعتُ تحت ثقل الغيرة والرغبة الفطرية في الاستحواذ على حبّ زوجها، بل قالت وهي تنظر إلى الزوجة الأولى نظرة عرفان ومحبة: «إن سلوى هي مَن أقنعتني وأهلي بالزواج من هشام؛ لأن تجربتها معه كشفتْ عن معدنه الأصيل، وأنه كريم وحكيم، وأنها متأكدة من عدله بيننا». ولما سألتها عن أبرز صفاته التي أحبتها فيه، ضحكت بصوتٍ يشبه صوت جرس المدرسة، وشاركتها في الضحك بقية الزوجات، كأنهن سمعنَ نكتةً أو أنهن تعرضن معًا إلى نكز متواصل على خصورهن، فكركن ضاحكات بشدة حتى كدن يسقطن على الأرض.

قالت وهي تستعيد أنفاسها: «إذا كنتَ تقصد قوته الجسمانية، فاطرقْ على الخشب، ما شاء الله، الله يحميه. الصفة الثانية التي أحبها هي العدل بيننا؛ فهو لا يذهب إلى السوق مع واحدة منا من دون الأخريات، ويشتري لكل منا الثوب الذي ترغب فيه، وقطعة الذهب التي تحبها، على أن يكون مجموع ما يدفعه موزعًا بالتساوي علينا نحن الأربع».

هكذا لم أتقدم خطوة إضافية في اكتشاف سرّ سعادة تلك المرأة خارج صندوق والدَيها وأجدادها ومحيطها، وكان عليَّ أن أتماهى مع طقس الفرح الذي أشاعه هشام وزوجاته في بيته، وأرضخ لرغبتهم العارمة في تناول قطع الحلوى الدمشقية الفاخرة اللذيذة التي انتشرت في أطباقٍ زاهية الألوان على طاولةٍ أُعدت سلفًا أمام مجلسي.

تأهبت الزوجة الثالثة للحديث، وقالت بشيءٍ من المرح قبل أن أسألها: «اسألني يا أستاذ أولًا كيف تعرفتُ إلى هشام، لأنني أحبُّ رواية تلك القصة؟»، قلتُ: «تفضلي، أنا أيضًا أحبُّ سماعها». قالت: «أنا اسمي ميسون، وهشام يناديني (ميمو). كنتُ في الرابعة عشرة من عمري حين حَمَلْتُ إلى مصبغة هشام بذلة أبي وثوب أمي، وكانت تلك هي المرة الأولى التي رأيتُه فيها، فابتسم لي ابتسامة رقيقة، وقال: ما شاء الله تبارك الخلاق. ثم سألني عن اسم والدي، وحين أجبتُهُ هتف صائحًا: أبو ماجد... كم أحب هذا الرجل.

وأنتِ ما اسمكِ؟ قلتُ على استحياء: ميسون. فقال: توقعتُ أن يكون قمر أو ياسمين أو فلة أو نرجس. كلماته حُفرت عميقًا في ذاكرتي ولم أنسَها، بل واشتقتُ إلى سماعها مرة أخرى، فلما عدتُ لأخذ الثوب والبذلة، أسمعني كلامًا أجمل، وتكررتْ زياراتي، إلى أن

سألني بعد حوالي عام: هل أنتِ مخطوبة؟ أجبتُه فورًا: لا أبدًا. قال: أخبري والدَيكِ من فضلكِ أن هشامًا يريد زيارتكم متى أَذِنا لي. وفهم والدي هدف هشام من زيارته، فسألني بصوت مضطرب: هل حاول هشام لمسك، أو أطال النظر إليكِ؟ قلت له وقد عداني اضطرابه فارتجف صوتي وجسدي: لا يا أبي، كان لطيفًا ولم يصدر عنه أيُّ تصرف شائن، وإلا كنتُ لجمته، فأنا تربيتُ على يدَيك ولا أسمح لمخلوق أن يمسني. اطمأن أبي لجوابي، وقال: عندما تحملين إليه ثيابنا في المرة التالية أعطيه رقم هاتف بيتنا، وقولي له: اتصل بأبي لتحددا الموعد».

أبو ماجدٍ سليلُ عائلةٍ دمشقيةٍ محافظة على التقاليد الاجتماعية العريقة، وتكاد تقدسها مثل طقوس الدين، وزواج الرجل الغني امرأتَين وثلاثًا وأربعًا لا يثير استهجانهم، بل يثير فضولهم لمعرفة عمره وعمله ومقدار ثروته، ثم عدد زوجاته وأولاده، ومَن العروس وما صفاتها وعمرها وجمالها والحالة المادية لأهلها، ومتعلمة أم أمّية.

انصبَّ تركيز والد ميسون على التأكد أولًا من دافع هشام لإضافة زوجةٍ ثالثة إلى كنفه، وليتأكد من رضى زوجتَي هشام على زواجه الثالث كي يضمن أمن ابنته، والتأكد ثالثًا من قبول هشام دفع مهر معجَّل كبير سيطلبه لابنته الصغيرة الحسناء، إضافة إلى الحليِّ والذهب والأثواب، ونفقات حفلات الخطوبة والزفاف. كما

أن على هشام أن يتعهد عند توثيق عقد القران في المحكمة بدفع المهر المؤجَّل الذي يساوي ضعف المهر المعجَّل في حالة طلاق ميسون لأي سبب. ميسون الابنة الكبرى بين أخواتها الثلاث، والأصغر من أخوَيها، ووالدها أبو ماجد موظف بسيط في مديرية الصناعة بدمشق، إلى جانب عمله سائق سيارة أجرة بعد انتهاء دوامه، وبذلك يُحصِّلُ دخلًا يكفي أُسرته، ولا يفيض منه سوى قليل لنوائب الدهر، ولذلك شاركته زوجته الرغبة في تزوج ميسون وهشام الثري الذي سيكون سندًا لهما.

قدمت الزوجة الرابعة لي القهوة وقطع الحلوى اللذيذة المحشوة بالفستق الحلبي، وهي أصغر الزوجات وأحلاهن، وتمتاز عليهن بطولها الفارع وعينَيها الزرقاوَين وقامتها النحيلة، التي تُشبه الدمية التي تقف خلف الواجهة الزجاجية لمتجرٍ فخمٍ للملابس الثمينة، وقد أُلبست أجمل الأثواب لإغراء الزبونات بشرائها، كما اتسمت بخفة حركتها ولطف عباراتها. وهي مَن بادرت بسرد حكاية زواجها هشامًا عندما أعلنت ميسون انتهاء قصتها، فقالت: «اسمي خديجة، لكن الجميع ينادونني (خجو)، وأنا أحب هذا الاسم، أبي وهشام صديقان قديمان في (حي الأزبكية)، درسا معًا في مدرسة الفاروق الثانوية، وعمل أبي في بيع العقارات، وأصبح له مكتب معروف في الحي، وهشام ورث عن والده

المصبغة، وكان يزور أبي في أوقات متقاربة، وقد اعتدنا أنا وإخوتي على وجوده في دارنا كأنه فرد من عائلتنا، ولم يخطر في بال أحدنا أنه سيطلب زواجي لأنني في مثل عمر ابنه الأكبر، بل توقع أبي حين اختلى به أن يطلبني لابنه لا له. وقد سبَّب طلبه صدمةً نفسيةً لوالدي ولأمي ولي، لكن عمق صداقته الطويلة لأبي، ولجوئه إليه في الأزمات، منعه من رفض طلبه مباشرةً، فقال له: يشرفنا طلبك، أعطني فرصةً لأخذ رأي خجو وعائلتي، وسأرد عليك قريبًا».

صارع والد خجو في تلك الفترة مرض السرطان الذي هاجم رئتَيه، وبات يتوقع موته بعد أشهر قليلة، ولم يُخبِرْ سوى زوجته بقرب نهايته، ولم يُخِف الموت بقدر ما خاف مصير أُسرته من بعده، ولذلك جاء طلب هشام ليبدد قلقه على الرغم من استنكاره إياه، لكن زوجته روضته على قبول العرض شرط موافقة خجو دون أي ضغطٍ أو إكراه. أما خجو، فقد فُوجِئت مثل كل أفراد عائلتها بطلب هشام الغريب، لكنها بعد ليلة من التفكير، وتقليب الأمر، وجدتُ أنها تعيش حياةً رتيبة مملة خاليةً من البهجة، وأنَّ حلمها بالزواج من شابٍّ ميسور الحال صعب المنال، فكل أقربائها وأبناء أصدقاء أهلها، وإخوة صديقاتها فقراء جدًّا، ولا يزال الطريق طويلًا أمامهم ليؤسسوا مستقبلهم، فخلصت إلى أن زواجها من هشام سينقلها إلى حياة السعة والنعيم، وأنه سيدللها ويلبي طموحها

في شراء ما تحب من الثياب والحليِّ الذهبية، وسيأخذها في الصيف إلى تركيا واليونان وإيطاليا مع زوجاته كما يفعل كل عام.

تابعت خجو: «لستُ نادمة على زواجي هشامًا، فبعد وفاة أبي تكفل بتلبية كل ما تحتاج إليه عائلتي، وهو إلى ذلك عادل بيننا نحن الأربع، كما أنني أحبُّ أخواتي، ولا أسميهنَّ ضرائري، وهنَّ يحببنني، ونقضي أيامنا نلهو ونضحك، وهشام مثلنا يحب الفرح ويكره النكد».

أحبّ هشام أن يخبئ لي مفاجأة عندما اصطحبتُ الكاميرا في اليوم التالي. لقد اعتدتُ في برنامجي على عرض وقائع صادمة استثنائية من حياة المجتمع على مساحة سوريا، لكن قصة الزوجات الأربع لم تكنْ واقعة استثنائية، وإن كانت نسبتها قليلة، لكن ما أذهلني هو تقبل المجتمع لها باعتبارها تُساير الشرع ولا تخالف الشريعة والقانون، كما أذهلتني مشاعر الرضى والسعادة التي بدت على وجوه الزوجات. وأعلم أن ذهولي كان طارئًا، ولن يصمد أمام تحليل أصل الزواج المتعدد، وموقف الديانات المتدرج منه، واضطرار المشرعين القانونيين حتى نهاية القرن العشرين وبداية القرن الحادي والعشرين للتماهي مع رأي وفتاوى مشايخ الدين.

في اليوم التالي أجريتُ حوارات مع هشام وزوجاته في طقس ساده المرح، وقبل أن أتوجه نحو الكاميرا لأنهي الحلقة، فُتح باب

صالة الضيوف الكبرى، وخرج منه خمسة عشر شابًّا وفتاةً وطفلات
وأطفال بملابس جميلةٍ وأناقة فائقة، وصافحني كل منهم ذاكرًا
اسمه مقرونًا باسم أبيه.

نهاية طفل مدمن

مشهد الشاب مفتول العضلات ذي الرأس الضخم، وهو يلتهم قطع الزجاج وسط جمهور مخيمَي اليرموك وفلسطين في الفضاء اليساري المحاذي لمنتصف شارع فلسطين الرئيس، أبهر الطفل مازن ابن الرابعة عشرة، وتعجب من سلوكه الغريب حين أمسك زجاجة كبيرة فارغة، وطرقها على طاولة حديدية أمامه، فتحولت قطعًا متفاوتة الأحجام حادة الزوايا، ثم قضم كل قطعة كأنها قطعة حلوى، لولا أنها تصرُّ بين أسنانه صرير باب حديدي صدِئٍ عند فتحه وإغلاقه، وسط تهليل الجمهور وتصفيقه. يغبط مازن ذلك الشاب الملقب بـ(الوحش) على تميزه وشهرته، ويتمنى أن يغدو يومًا مثله حديث الناس.

لم يحظَ مازن بطفولةٍ عاديةٍ كمعظم أبناء جيله، بل كان مهمشًا شبه منسي بين تسعة إخوةٍ وأخوات هو أصغرهم، يعيشون مع أمهم في غرفةٍ واحدة ضمن دارٍ واسعة، تضم في دورها الأول ساحة

ترابية تتحلق حولها ست غرف، وتنهض فوقها مثيلاتها في الدور الثاني، وقد اكتظت كل غرفة بأفراد عائلةٍ فقيرة مثل عائلته، تعيش على مساعدات منظمة الأنروا للاجئين الفلسطينيين التابعة للأمم المتحدة.

نشأ مازن في تلك الدار التي لا تعرف الهدوء حتى ساعة متأخرة من الليل، حين يتعب الأولاد من اللعب، وتتعب الأمهات من الصراخ عليهم وشتمهم، وتنهار أجساد الرجال بعد نهار طويل من الكدِّ في أعمالٍ قاسيةٍ كالبناء وتعبيد الطرق.

وُلد مازن قبل مقتل أبيه بأيام قليلة، تحت عجلات سيارة شحن كبيرة في حادثٍ مروع، وهو يتخطى شارع فلسطين عائدًا من عمله، مخلفًا تسعة أبناء وبنات دون مُعيل سوى تلك السلة الغذائية التي تمنحهم إياها منظمة الأنروا كل شهر، ولا تكاد تسدُّ رمق الأُسرة الكبيرة.

بينما بقية أطفال الدار لهم آباء يُهرعون إلى أحضانهم عندما يعودون من أعمالهم، يقف مازن كسير الفؤاد يتلطَّى بالجدار يغمره شعور بالضعة والمسكنة.

وفي المدرسة الابتدائية، لم يستطع بناء صداقةٍ مع أقرانه، بل ظلَّ يقضي الوقت وحيدًا لا يشاركهم اللعب في أثناء الفسح بين الدروس، ولا يجرؤ على فتح حوارٍ مع أحدهم، ولم تفلح محاولاتهم

للتقرب منه، كما أن أساتذته عجزوا عن دمجه برفاقه من خلال الأنشطة الرياضية والفنية، إلى أن استسلموا وتركوه لمصيره.

هكذا فشل مازن في هضم الدروس، ورسب مرتَين متتاليتَين في الصف الثالث، ما أدى إلى فصله من المدرسة. ولما قدمت أمه لمقابلة المدير، قال لها بصوت هامس: «ابنُكِ مازن يستطيع أن يكون عاملًا ناجحًا، لكنه لا يستطيع أن يكون تلميذًا ناجحًا، ولتحمدي الله أنه تمكن من الكتابة والقراءة». فلم تشعر الأم بالأسف، وإنما راودها إحساس بأن خروج مازن من المدرسة سيدفعه إلى العمل مع رجال الدار في ورش البناء التي تدرُّ المال، الذي سيعينها على نفقات الأُسرة.

أما مازن؛ فقد ساوره الخجل من زملائه، إلا أن فكرة العمل في البناء فتحت أمامه طريقًا جديدًا ظنَّ أنه سيفلح فيه، ويكسب تقدير رجال الدار واحترامهم، كما أنه سيُرضي أمَّه، ويُفرِّج ضائقة إخوته المادية، فيدينون له بالعرفان.

وعلى الرغم من هزال جسده، إلا أنه كان طويل القامة وسيم الوجه، ما شجع أحد الرجال المثليِّين، المتخفين وراء مظاهر التدين مثل لحية كثةٍ وجلباب قصير ولطفٍ في الحديث، لاستغلال حاجة مازن للعمل، فعرض عليه أن يكون معاونًا له في تشييد جدران الأبنية الحديثة، فقال لوالدته: «دعيه لي، وأنا سأعلمه مهنتي؛

ليصبح بارعًا فيها خلال سنوات قليلة، وسأدفع له أجرًا سخيًّا؛ كرمى لزوجكِ المرحوم ولكِ يا جارتي العزيزة».

اطمأنت إليه الأم، وفرح مازن بعرض الرجل الذي يناديه الجيران (الشيخ مصطفى). كان الشيخ مصطفى يداري شبقه الشديد لملامسة جسد مازن، ويرسم الخطط للوصول إلى غايته النهائية، ولو على الأمد البعيد دون أي خطإٍ قد يضرب سمعته ضربةً قاضيةً.

تعرضت شخصية مازن، في تلك الفترة من عمره الذي لم يتجاوز التاسعة، لهزات عنيفة بسبب اليتم والتهميش من قِبَل أمه وإخوته الأكبر الذين يعانون مثله وإن بحدة أقل، ومن الفقر الشديد الذي لم يُمكِّنه من شراء حتى صحن فول من البائع الجوال، كما يفعل تلاميذ المدرسة في أثناء عودتهم إلى منازلهم. ولأن تلك المعاناة جعلت منه طفلًا انطوائيًّا، فقد أدت به إلى عدم القدرة على التركيز لاستيعاب الدروس وفهمها، ما زاد في عزلته وشعوره بالدونية، وكان بأمس الحاجة إلى أيِّ تقدير يمنحه بعض الثقة بنفْسه. وقد وجد في كلمات الشيخ مصطفى كل ما كان يتمناه، ولعلَّ هذا الشيخ أدرك حاجة مازن، فأغدق عليه العبارات المحفزة، فقال له: «أنا واثق بقدرتك على تعلم المهنة؛ لأنك ولد ذكي، وسأكون إلى جانبك دائمًا، وليس عليك سوى إطاعتي في تنفيذ ما أطلبه منك».

انطلق مازن برفقة الشيخ مصطفى مع شروق الشمس إلى مشارف مخيم اليرموك من جهة الشرق، حيث احتشدت على أرض واسعة آليات حفر الأرض وآليات ورفع التراب والصخور التي كانت تضع أحمالها في صناديق سيارات الشحن المكشوفة لترحل بها بعيدًا. وهناك أبنية نهض منها طابق واحد، وأخرى طابقان أو ثلاثة. وعمال كثيرون يتحركون سريعًا في المكان بين الآليات والأبنية بنشاط وحيوية.

توقف الشيخ مصطفى في مدخل بناء لا يزال في طور بناء الطابق الأول، ونادى: «مهند، أبو جلال، معتز»، فأقبل الثلاثة مسرعين، فعرفهم مازن؛ لأنهم يسكنون في الغرفة نفْسها التي يسكنها الشيخ مصطفى، لكنه لم يكن يعرف أسماءهم؛ فهم لا يخرجون من غرفتهم بعد عودتهم من العمل، ولا يجلسون أمامها يتبادلون الأحاديث مع الجيران. قال أكبرهم أبو جلال: «صباح الخير يا معلم، جبنا الأسمنت، والبلوك جاهز، وأنا بدأت بالعمار». قال الشيخ: «ممتاز يا أبو جلال. هذا الشاب الصغير مازن جارنا في البيت، لا بد أنكم تتذكرونه. سيعمل معنا، وأريدكم أن تعلموه خطوة خطوة، ورجاء لا تتعبوه». قالوا واحدًا إثر الآخر: «أهلًا وسهلًا بالجار العزيز»، وأردف أبو جلال الذي كان مثليًّا كمهند ومعتز: «سيكون مثل شقيقنا»، وهو ينظر إلى الشيخ نظرة ذات

مغزى، فهمها الشيخ، فابتسم.

وجد مازن نفْسه لأول مرة محور اهتمام ورعاية من مخلوقات بدت له لطيفةً مؤنسة. كان الشابان معتز ومهند العاملَين المسؤولَين عن نقل الرمل الأبيض من كومة كبيرة، أفرغتها شاحنة ضخمة أمام محل البناء، بقفةٍ من الكاوتشوك إلى بقعة خلاء بجانبها، ثم تفريغ كيس من الأسمنت الأسود فوقها، ومزج الرمل والأسمنت بالكوريك معًا، وهي ذراع أسطوانية طويلة من الخشب لا يتجاوز قطرها ثلاثة سنتيمترات، تنتهي بما يُشبه ملعقة كبيرة، ثم يصنعان في المزيج بركة يملآنها بالماء من خرطوم مطاطي موصول بصنبور في أسفل البناء، حتى إذا امتلأت، مزجا الكل حتى يتحول إلى طين، فينقلانه بسطول معدنيةٍ من التوتياء إلى أبو جلال والشيخ مصطفى؛ ليضعانه فوق اللبنات المرصوفة سابقًا، ويشيدان فوقها لبنات جديدة.

يتناوب الشابان على تعليم مازن تلك المهمات، ويتركان له في المجال فرصة أن يعمل مثلهما لفترات قصيرة لا تتعبه، وقد حرصا على خلق طقس من المزاح والغناء أحيانًا، وهو ما أمتع مازن وأدخل البهجة إلى قلبه.

وحين انتصف النهار، رافق مهند مازنًا إلى سوق الخضراوات الرئيس في مخيم اليرموك واسمه (لوبية)، وابتاعا من هناك أربعة

أقراصٍ من البندورة ويصلتَين كبيرتَين، وضمة فول أحمر، وضمة نعناع أخضر، ثم انعطفا إلى الشارع، وتوقفا أمام بائع الفول المدمس والحمص المسلوق، فاشتريا كيلو جرامًا من كلٍّ منهما، ومرّا أخيرًا بالفرن، وابتاعا منه عشرة أرغفة، وعادا معًا بحملهما، فغسلا الخضراوات، وقطعاها، وأعدّا مأدبة الغداء فوق ورق جاف، اقتطعاه من كيس أسمنت فارغ، فهُرع الجميع لتناول الطعام بنهمٍ بالغ.

تكررت الأيام إلى مساء يوم الخميس، وهو موعد قبض الأجر الأسبوعي. قال الشيخ مصطفى: «سأدفع لك يا مازن أكثر من الأجر المعتاد للعمال المبتدئين؛ لأنك نشيط وتعلمتَ سريعًا. تفضَّلْ هذه ثماني عشرة ليرة، كل يوم بثلاث ليرات، هل المبلغ يرضيك؟ قل بصراحة؟»، لم يتوقع مازن نصف ذلك المبلغ الذي يساوي أجر مهند ومعتز؛ لأنه مبتدئ، ولم يقم طوال الأسبوع بحمل قفة أو كيس سوى مرات قليلة لم تتعبه ولم يتعرق كما تعرقا. فأجاب على استحياء: «هذا كثير؛ فأنا لم أفعل شيئًا لأستحقه.. شكرًا لك».

كان الشيخ مصطفى لا يزال في طور إعداد شبكة الصيد التي سيصيد مازنًا بها في يوم قريب. بينما شعر مازن بالزهو أمام أمه وإخوته، وهو يفرد أمامهم المال الوفير الذي سيتكفل بنفقاتهم ويفيض عنها لتدخره الأم، التي تلقفت المبلغ ودسته بين حمالة ثدَيَيها وثوبها، مستبقية ليرة واحدة، أعطتها لمازن الذي تقبلها

شاكرًا، ومضى إلى غرفة الشيخ وزملائه حاملًا صينيةً من كنافة الجبن، أعدتها أمه تقديرًا وعرفانًا للجيران الأربعة الكرام.

كان الشيخ مصطفى في طفولته ضحية الفقر مثل مازن، لكنه ضحية ظلم أبيه أيضًا، وكم تمنَّى لو أنه يتيم الأب؛ فوالده غليظ القلب خشن المعشر، يتَّقي جيرانه شره، ويتفادون الاقتراب منه، ويطلقون عليه لقب (الدبور)؛ لأنه دائم الحرن والدوران للبحث عن شخصٍ يؤذيه، سواء أكان شجاعًا يحاول دفعه عنه أم جبانًا يهرب منه، ويطال أذاه عائلته أولًا، ولا يخلو يوم واحد من عدوانه على زوجته وأطفاله، وقد نال منه مصطفى في طفولته ومراهقته ضربًا مبرحًا وسبابًا مريعًا أمام أقرانه وجيرانه، حتى بات خانعًا ذليلًا لا يشعر بكينونته، وذات صباح طرده والده من الدار؛ لأنه لم يستيقظ قبله، فلم يحضِّر له النرجيلة وإبريق الشاي كالعادة. فوجد نفْسه في الشارع لا يلوي على شيء، ولا يدري إلى أين يمضي، فجلس على الرصيف مسندًا رأسه إلى جدار حانوت لم يفتحْ بابه بعدُ، فرآه أحد الأطفال من جيرانه في الحارة يعرفه، فجلس إليه، وحين عرف قصته، نصحه بمرافقته للعمل في البناء، والمبيت في مكان العمل، وتعهد بشراء فرشٍ ولحافٍ ووسادةٍ له على سبيل الدَّين، يوفيه عندما يقبض أجره.

هكذا انضم مصطفى إلى ورشة المعلم عدنان، ولم يعد للعيش

مع عائلته مطلقًا. وكما خطط عدنان للإيقاع بمصطفى بروِيةٍ وهدوء، سار الشيخ مصطفى على خطى عدنان، فأوقع أبو جلال ومعتز ومهند في حبائله، كما سيوقع مازنًا قريبًا.

مساء يوم الخميس التالي، وبعدما وزع الشيخ مصطفى الأجور الأسبوعية على عماله، قال لمازن: «نحن ذاهبون إلى حَمَّام السوق في حي الشيخ محيي الدين، فتعالَ معنا نتسلَّ ونغتسلْ ونتناولِ العشاء هناك فتةً بالزيت أو السمن مع الفلافل وخبز التنور، وسأدفع عنك التكلفة هذه المرة فقط»، وضحك ضحكة خفيفة شاركه به الجميع، وشجعوه على مرافقتهم، فشعر مازن بمحبتهم ومكانته عندهم، وذلك شعور لم يحظَ به من قبلُ، حتى من أمِّه وإخوته، فوافق فورًا، وسار إلى جانبهم، وقال للشيخ مصطفى: «شكرًا.. أنا ممتن لك، وإن شاء الله سأدفع عنك في المرة القادمة»، فابتسم الشيخ قائلًا: «إن شاء الله، ولا تقلقْ؛ فجيبنا واحد»، وقد داهمه الإحساس بأنه تقدم خطوةً إضافيةً لنيل مبتغاه، كما أنَّ هذا الإحساس وصل إلى البقية الذين رغبوا في انضمام مازن إلى حياتهم السرية، فيزول حاجز الخوف من وشايته إذا اكتشف أمرهم مصادفةً.

نزع الجميع ثيابهم في الردهة الأولى من الحَمَّام، وهي أشبه بشرفة تعلو ساحة الاستقبال الواسعة ذات الأرض الحجرية التي تتوسطها

بحيرة رخامية تهبط على سطحها مياه متدفقة من نافورة تتوسطها وتعلوها، وخلفها درج حجري من خمس درجات، يصعد بالزبون إلى شرفة، فيجلس على مقعد حجري طويل.

نزع ملابسه خلف ملاءة يحملها صبي الحَمَّام وهو يغض بصره عنه، حتى إذا انتهى، لفها حول نصف جسده الأسفل، وعقد طرفَيها عند بطنه كي لا تقع. دخل الجميع معًا إلى الحَمَّام، مارين بمَن سبقوهم من الرجال الجالسين كل إلى جرن حجري فوقه صنبوران للماء الساخن والبارد، تتدفق منهما المياه، بينما يُغطِّس المستحم طاسة نحاسية في الجرن، فيملأُها ويسفحها على رأسه وجسمه. وآخرون يدلكون أجسادهم بليف طافح برغوة الصابون. وهناك مَن تمدد على بطنه، وترك مهمة دلك ظهره وساقَيه لصبي الحَمَّام أو لرفيقه.

أما ثُلة مازن؛ فقد تبادلوا مهمة دلك ظهورهم بالتناوب، وطلب الشيخ إلى مازن أن يدلك له ظهره، ففعل ذلك مازن مقلدًا مهندًا ومعتزًا وأبا جلال، وكان الشيخ يتأوه بصوت هامس في أثناء الدلك، ويطلب من مازن المزيد، ويشير إلى الأماكن التي عليه دلكها، بما فيها فخذاه، قائلًا: «لا تستحيْ؛ فلا حياء في الحَمَّام»، ولم يستغرب مازن طلب الشيخ؛ فكل مَن في الحَمَّام يفعل الشيء نفْسه، لكنه فوجئ بتأوهاته في أثناء الدلك، فقد بدا ذلك

غريبًا على شخصية الشيخ الرصينة، ومع ذلك برر سلوكه بأنه نشوة النشاط الذي تحدثه المياه الساخنة ورائحة الصابون الفواحة العطرة، وجو الألفة بين رفاقه. وما إن انتهى، حتى قال له الشيخ بمرح: «أعطاك الله العافية، والآن جاء دورك، وسنرى مَن أمهر مِن مَن في الدلك».

تمدد مازن على بطنه، وفرك الشيخ ظهر مازن بلطف بالغ، ونزل بالليفة إلى خصره، وهو يقول: «هل أوجعك؟»، فأجاب مازن بصوت متهدج من الخجل: «لا أبدًا»، واستمر الشيخ يفرك أليتَي مازن تحت الملاءة التي تغطيهما، ومر مرورًا سريعًا على دبره، ثم أخرج يده والليفة من تحت الغطاء، وتابع فرك فخذَيه، وهو يردد: «هل أوجعك؟»، فأجاب مازن: «لا أبدًا»، فاطمأنَّ الشيخ إلى أن الولد مسترخٍ ومستسلم، وأنه نجح في تخطي حاجز الخوف من الرفض، فطلب منه الاستلقاء على ظهره، ثم فرك رقبته ثم صدره وبطنه، وأطلق يده تحت الملاءة، ومر سريعًا على قضيبه، ثم أخرج يده، وتابع فرك باقي جسده وحتى أسفل قدمَيه. وكان رفاقه الثلاثة يمارسون معًا الممارسات نفْسها، ولكن بطريقةٍ أكثر جرأة دون أن يلحظ مازن ذلك.

وعندما عاد الجميع إلى شرفة الملابس، تناولوا عشاءَهم من الفتة والفول والفلافل في جوٍّ من البهجة، انخرط فيها مازن، فضحك

مثلهم بصوت عالٍ، وروى بعض النكات التي يحفظها من إخوته ورفاقه في المدرسة، وعلى الرغم من أنه نطق الكلمات بصعوبة ووجل، لكنهم ضحكوا من نكاته، وشجعوه على رواية مزيد منها، ما أشاع في نفسه الثقة والفرح. فيما كان الشيخ ورفاقه مأخوذين بنشوة نجاحهم في اجتياز خطوة واسعة على طريق انضمام مازن إلى ثلتهم راضيًا، بل وسعيدًا.

حين دخل مازن غرفة أمّه وإخوته، كان الجميع نيامًا عدا أمّه التي بدا وجهها شاحبًا تحت نور المصباح الشحيح، فأدرك أنها قلقت لتأخره في العودة، وأنها ظلت ساهرةً لتطمئن عليه. سألته بصرامة: «أين كنتَ؟ ولماذا تأخرتَ؟»، أجابها وهو يمضي إلى فراشه: «أخذنا الشيخ مصطفى إلى الحَمّام، وتعشينا هناك». جحظت عينا أمّه، واقتربت منه، وهمست في أذنه: «ولماذا ذهبتَ معهم؟ أنت طفل وهم رجال، ولا يجوز أن ترافقهم إلى الحمام»، وأمسكتْ أذنه وشدته بعنف قائلةً: «قُلْ بصدق ماذا فعلتَ في الحَمّام؟»، فروى لها بالتفصيل كما طلبتْ. فشدت بأصابعها أذنَيهِ حتى كادت تفصلهما عن رأسه، وقالت فيما يشبه النواح: «إذا ذهبتَ مرة أخرى معهم إلى أيِّ مكان خارج الورشة، فسأبترّاً منك»، ثم أرختْ أذنَيه، وقالت بصوتٍ كسير: «يا بني، لا تأمنْ لأحد؛ فهذه الدنيا غادرة لا رحمة فيها للفقراء، خذْ حذرك من الشيخ مصطفى، فقد يتمادى

في ملامستك، فتجلب لنفسك ولنا العار إلى الأبد، ولا أستطيع أن أفصح لك أكثر من ذلك يا صغيري»، وأخذتْ رأسه بين يدَيها، وانهالت على رأسه ووجهه بالقُبَل، والدموع تجري على خدَّيها.

لم يستوعب مازن ما قصدته أمُّه، لكنه فهم أن ملامسة الشيخ له لم تكن طبيعية، وأنها حرام، وآلى على نفْسه أن لا يكرر مرافقته إلى الحَمَّام، كما شعر بحنان أمَّه المتدفق وحبها الشديد لأول مرةٍ في حياته. ما أسعد روحه التائهة العطشى إلى الحب والاعتراف بكينونته.. ونام قرير العين.

كان واضحًا للشيخ مصطفى التغيير الذي حلَّ بسلوك مازن، فقد أصبح حذرًا من لمس أصابع الشيخ في أثناء مناولته سطل الطين أو لَبِنةِ الأسمنت، ويتفادى النظر المباشر إليه، فأدرك أنَّ مازنًا قد وشى لأمه بما حدث في الحمام، وأحسَّ بخطر الفضيحة يقترب ليداهمه مع ثلته، وهو ما سيهدد استقرارهم، ويقضي على مستقبلهم في المخيم، وهو ما يعني القضاء على أي فرصة للعيش فيه، ومن ثَم الرحيل إلى مدينة أخرى ليبدأ حياته المهنية من الصفر، إن لم يسارع إلى تفاديه. ووجد أن أفضل طريقة لتجاوز محنته هي اغتصاب الصبي وتهديده بفضحه أمام أمَّه وبين الجيران، وبدأ يفكر في حيلةٍ توصله إلى مبتغاه.

ذهب إلى معلمه عدنان، الذي أصبح متعهد بناء من الباطن،

ويحظى بسمعة طيبة بين مقاولي البناء.

روى الشيخ لعدنان قصته مع الصبي، وأعرب عن تخوفه من الفضيحة. خاف عدنان أيضًا؛ فقد يَشِي به أبو جلال، وحتى الشيخ، إذا تعرضا للتحقيق، فأغلق باب مكتبه دونهما، وجلس يقلب الأفكار في رأسه الضخم، فلم تسعفه سوى بالطريقة نفْسها التي اتبعها مع الشيخ مصطفى نفْسه عندما اغتصبه أول مرة وهو صغير في سنِّ مازن تقريبًا، لكنه لم يَبُحْ بها له أبدًا، وكان عليه أن ينصحه بها كأنها وليدة اللحظة، فقال له: «اذهبْ إلى أحد العطَّارين في سوق البزورية، وسط دمشق، فهناك لا أحد يعرفك، واطلبْ منه كمية قليلة من الخشخاش، فإن سألك: ما الذي تريده منها؟ أجبه مبتسمًا: ابني الرضيع لا يتركني أنام من كثرة ما يبكي ويصرخ، وقد نصحتني أمي بالخشخاش. سيقول لك: لا تضعْ أكثر من ربع ملعقة صغيرة في زجاجة الرضاعة، ولمرة واحدة في اليوم. فأجبه: أكيد. وسيحذرك قائلًا: الملعقة الصغيرة تنوم جملًا فاحذرْ. وأجبه: اطمأن لن أزيد عن ربع ملعقة صغيرة».

نفذ مصطفى وصية عدنان وجاء بالخشخاش، وطلب من أبي جلال أن يقوم بمهمة وضع نصف ملعقة منه في إحدى لفافات الفلافل التي أوصاه أن يحضرها لوجبة الغداء ويقدمها لمازن، ففعل، وعلى أثر تناول مازن لفافة شَعر بنعاس شديد، فقاده الشيخ

مصطفى إلى غرفةٍ جانبية أنهى بناءَها، ثم أضجعه على الأرض، وقال له: «نَم قليلًا، وسأعود لإيقاظك»، ثم عاد إلى رفاقه وأوصاهم بعدم السماح لأحد بالاقتراب من تلك الغرفة، وأن يستمروا في عملهم كالمعتاد. ثم رجع إلى مازن الذي غطَّ في نوم عميق، فأنزل عنه سرواله، ووضع في فتحة شرجه بعض الفازلين الذي أحضره معه، وأولج قضيبه ببطءٍ وحذرٍ فيه، شعر مازن بالألم وهو في حالٍ من غياب الوعي، لكنه لم يتمكن من الحركة أو الصراخ، فقد جثم الشيخ فوقه وضغط بكفه على فمه، وحين انتهى من اغتصابه، قال له: «أنا أحبك يا مازن، ولن أفضحك أمام أمك والجيران، فأقول: إنك أغويتني فمارستُ معك، ولكن بشرط أن لا تشي بما حدث لأحد، وأن تنساه تمامًا، والآن ابقَ مكانك لأحضر لك كأسًا من الشاي الثقيل تشربها، ثم تغسل وجهك فتصحو كأنَّ شيئًا لم يكن، هل أنت موافق؟»، هزَّ مازن رأسه، فرفع الشيخ كفه عن فم مازن، وذهب وعاد بكأس الشاي وسطل الماء البارد، وترك مازنًا ومضى إلى عمله.

لا يزال مازن في شبه غيبوبة لا يسعفه عقله المهيض على استيعاب وتفسير ما حدث له، فأخذ يرتشف الشاي سريعًا، ثم صبّ الماء على كفه، وقذف به وجهه مراتٍ متتالية، إلى أن بدأ يعي مكان وجوده، ويسترجع تفاصيل اللحظات التي سبقت

تناوله لفافة الفلافل، ثم شعوره بثقل في رأسه، وبعد ذلك إمساك الشيخ بيده وقيادته إلى الغرفة. اشتد الألم في مستقيمه، ثم انحسر إلى أن هدأ وهو في جلسته مطرق برأسه إلى أرض الغرفة المتربة، تائه الفكر، زائغ النظر، وتمنى لو أن ملاك الموت يُخطفه في تلك اللحظة، فيرتاح.

سادت فكرة الموت على كل الأفكار التي عرضها عليه عقله، سيطرت على تفكيره ذكريات الإحباطات المتتالية التي رافقت وعيه لذلته منذ كان في الثالثة من عمره، فقد تذكر مرافقته أُمَّهُ إلى مستودع الأنروا، ووقوفهما ذليلَين بين طابور الفقراء الجائعين لاستلام السلة الغذائية بعد ساعات طويلة مرهقةٍ من الانتظار، تحت أنظار المارة المشفقة على حالهم، وتذكر تضرع أمه في عتمة الليل: «يا ربي، خلصني من ذلِّ الحاجة، وارحمني من هذا العذاب»، وكيف تنفُّس عن كربها بصفعه على وجهه كلما عاد من المدرسة خائبًا، ونظرات الجيران المقيتة، وتعليقات أطفالهم على فشله: «ابتعد عنا؛ نحن لا نلعب مع الكسالى». تذكر مدير المدرسة وهو ينصح أُمَّه: «هذا الولد لا رجاء منه في التعليم، جِدِيْ له أي عمل يدرُّ عليكِ مالًا بدل أن تهدري قروشكِ القليلة على دفاتره وأقلامه دون جدوى». ثم طغى وجه الشيخ مصطفى المنافق الخبيث على تفكيره، واستعاد صورته الكالحة وهو يهدده بفضحه أمام أُمِّه،

وتخيل حالها وهي تسمع خبر ابنها الذي غدا لوطيًا في بيئةٍ ترى في اللوطي شيطانًا نجسًا لا خلاص من عاره إلا بالموت.

وحدها فكرة الموت سيطرت على عقله، وأخذ يفكر في أسرع وسيلة إليه، فخطرتْ في ذهنه قصة العائلة التي مات جميع أفرادها نتيجة تسرب الغاز من الخرطوم الواصل بين جرة الغاز والموقد ليلًا. لم ينادِه أحد من ثلة الشيخ لمتابعة العمل، بل أمهلوه في مكانه حتى أنهوا نهارهم، فسار إليه الشيخ مصطفى راسمًا ابتسامة مصطنعةً على فمه، وقال له: «هيا بنا يا مازن إلى الدار، وانسَ ما جرى كأنه لم يكن». نهض مازن متثاقلًا دون أن يرفع رأسه، وكان يتتبع أقدام الشيخ، حتى وصلوا جميعًا إلى الشارع، فتأخر في سيره عنهم، فوصل متأخرًا عنهم بدقيقة واحدة؛ كيلا يثير شكوك أمِّه، وكعادتها لم تلتفت إليه وسط ضجيج إخوته وانشغالها بتحضير وجبة العشاء لهم. أما هو؛ فحاول أن يبدو مرتاحًا لا يشكو من التعب أو الجوع.

وبعد أن تناول الطعام مع إخوته وناموا جميعًا، انتظر حتى اطمأنَّ إلى استغراقهم وأمِّه في النوم، وانسلَّ من فراشه بهدوء شديد، ودخل إلى المطبخ وأغلق وراءه الباب، وسريعًا نزع الخرطوم من جرة الغاز، ووضع فمه مكانه، وأدار مفتاحها، فانساب الغاز السائل في فمه، فشرب منه جرعة كبيرة، وأغلق المفتاح، وأعاد الخرطوم إلى

مكانه، ورجع إلى فراشه، واستلقى على ظهره قبل أن يبدأ السائل في تسميم جسده، ولم تمضِ بضع دقائق حتى شعر بألمٍ شديد لا يُطاق، فصرخ من دون وعيٍ منه، وتابع صراخه الرهيب دون توقف، فاستيقظ كل أفراد عائلته وكل الجيران، فهُرعوا إلى الغرفة يستجلون السبب، فوجدوا فمه ينضح بزبد غزير وجسده يرتعش بشدة، فحمله رجلان ليس بينهما أحد من ثلة الشيخ مصطفى، وركضوا به إلى مستشفى المخيم على ناصية شارع فلسطين، وهناك اكتشف الطبيب المناوب أن الصبي أخذ جرعة من مادة سامة بهدف الانتحار، وفورًا أُجري له غسيل للمعدة والجهاز الهضمي تحت أنظار أمِّه وإخوته والجارَين المسعفَين، والأُمُّ تتلوى من الحزن، وإخوته يبكون بصمتٍ.

أنقذ الطبيب حياة مازن، وأبلغ الأُمَّ أن مازنًا شرب كثيرًا من سائل الغاز بغية الانتحار. ذُهلت الأم من ذلك النبأ الرهيب الذي لا يُمكن لها أن تتوقعه، فهي على الرغم من المآسي التي رافقت حياتها لم تفكر يومًا بالتخلص من حياتها، بل تمسكت بها أشد التمسك، ولم تَخْبُ جذوة الأمل في خيالها لحظة واحدة، وتجد في صبرها ومعاناتها من أجل أبنائها معنى ساميًا لوجودها. وكذلك مثيلاتها من ربات مئات البيوت الفقيرة المنتشرة في مخيمَي اليرموك وفلسطين، وكذلك في أحياء أكثر فقرًا مثل الحجر الأسود وجِف

الشوك. ولم تقدر على تبرير سبب إقدام ابنها على الانتحار؛ فهو يعمل ويجني المال، ويلقى منها الرعاية الكاملة، ولا يتعرض لأي تعنيف أو تهديد.

ولكونها مؤمنة بقدر الله، فقد حمدته على إنقاذه مازنًا من الموت، وأخذت يده مع إشراق شمس الصباح وعادتْ به إلى الغرفة، وأراحته على فراشه، وصنعتْ له كوبًا من البابونج كما أوصاها الطبيب، ولم تسأله عن سبب فعلته، منتظرةً الوقت المناسب.

تعافى مازن في اليوم التالي، لكنه لم يغادر فراشه، وامتنع عن الكلام على الرغم من إلحاح والدته وإخوته الذين تألموا له وبكوا حزنًا عليه. لم يرد مازن الإفصاح عن السر الذي دفعه للانتحار؛ وذلك لأن العار لا يحيق بالمغتصِب فقط وإنما بالـمُغتصَب أيضًا، وفيما يتمتع المغتصِب بعار القوي، يصير المغتصَب شخصًا ضعيفًا هزيلًا يمكن مساومته دون خوفٍ أو حذرٍ، ولا يستطيع إقناع أحدٍ بأنه وُطِئَ تحت تأثير مخدر، وفي جميع الأحوال فإن السكوت أفضل من الفضيحة التي ستلاحقه وتلاحق أمَّه وإخوته وذريتهم إلى الأبد.

كان سريان سائل الغاز في فم مازن أشبه بمخدر شَعَر معه بالنشوة لعدة دقائق، قبل أن يتحول إلى سُمٍّ مؤلمٍ حين وصل إلى معدته وأمعائه.

حين سألتُه أمام الكاميرا: «لماذا عدتَ لشربه إذنْ؟»، قال: «أحببتُ مذاقه واللذة التي أنستني مصيبتي، ولذلك تسللتُ في الليلة التالية إلى المطبخ ليلًا، وشربتُ جرعة قليلة جدًّا، فحصلتُ على النشوة، وغابتْ عني ذكرى البارحة المقيتة». وقد تعهدتُ لمازن بعدم نشر قصة اغتصابه في برنامجي (السالب والموجب)، وأوصاني أيضًا أن أروي قصته كاملةً في حال وفاته فقط؛ ليستفيد منها الناس.

وها أنا ذا أنفذ وصيته بعد وفاته بعشر سنواتٍ، كما غيرتُ اسمه وأسماء الشيخ ورفاقه.

توجَّسَت الأُمُّ شرًّا من الشيخ وصحبه بعد قصة الحمَّام، وقد ربطت محاولة مازن الانتحار باغتصابه من قِبَل أحدهم، وشعور ابنها بالعار، ولذلك لم تعجبْ من رفض مازن العودة للعمل معهم، كما أنها آثرت عدم الضغط عليه لكشف سر إقدامه على الانتحار؛ لكيلا يشعر بالذل أمامها.

تحوَّل مازن بعد اغتصابه إلى مخلوقٍ بلا هويةٍ جندرية، فأصبح في نظر نفْسه مخصيًّا كذَكَر، رافضًا أن يكون أنثى بالقوة. وهو أدنى شأنًا من القط الذي يتجول في ساحة الدار دون أن يتعرض لنظرات الازدراء من ذكور الجيران بسبب فشله في الدراسة، وفي العمل، وفي إقدامه على الانتحار. وبات تائهًا لا هاديَ له، ولا أمل

يحفزه، وكان عليه أن يهب كيانه لطريق يُغيِّب وعيَهُ الذي يجلده بلا توقف ولا رحمة، لتنتهي به إلى الموت. فوجد ضالته في شرب قليل من الغاز السائل كل ليلة، فيتعطل عقله، فيسير في شوارع المخيم وحاراتها الضيقة الملتوية حتى ينهكه التعب، ويتطوع أحد السُّكَّان لسحبه إلى بيته، وحمله على ظهر دراجة أو عربة.

وحين فطنت أمُّه إلى رائحة الغاز المنبعثة من المطبخ، ولم تجده في فراشه، تسلَّلت إلى المطبخ، فرأته يمصُّ الغاز من الخرطوم، فأصابها الوجوم والإحباط واليأس؛ فقد ظنته يحاول الانتحار مرةً أخرى، فصرخت وولولت، فأيقظت الجيران، الذين حملوه مرةً أخرى إلى المشفى. لكن الطبيب أخبرهم بأن مازنًا لا ينوي الانتحار، وإنما أصبح مدمنًا على شرب الغاز، وقال: «هذه نتيجة فحص عينة من دمه».

صدم هذا الخبر الجيران والأم؛ إذ صار عليهم تسوير جرار الغاز والمواقد بألواح خشبية ووضع الأقفال عليها، وقد فعلوا ذلك جميعًا، بما في ذلك أم مازن.

ولأن المدمن لا يركن للمنع، ويفعل المستحيل لتدبير حاجته، فقد سرق مازن عشر ليرات من محفظة أمِّه، وغادر البيت في الصباح إلى كشك قريب يبيع زجاجات الغاز البلاستيكية التي يملأُ منها المدخِّنون القدَّاحات التي يشعلون بها سجائرهم، واشترى واحدة

منها بليرة ونصف، ثم دخل إحدى الحواري، وتلطَّى في زاوية منها، وفتح الزجاجة، وضغط فمها الصغير على أسنانه، فانساب الغاز في فمه، واستمر في شربه حتى تسلل الخدر اللذيذ إلى دماغه وأطرافه.

اكتشفت الأُمُّ سرقة نصف ما لديها من مال، وهو كل ما تملكه لتدبير عيش أطفالها حتى نهاية الشهر، ما يعني لها كارثةً ماليّة يستحيل عليها تعويضها من أيِّ مصدر، وكانت شبه متأكدة من أنَّ السارق ابنها، إذ لم يحدث أن سُرِقتْ قبل أن تسدَّ أمامه إمكانية الوصول إلى جرة الغاز في بيتها وبيوت جيرانها، فاستغلت نومه، وبحثت في جيوبه، فوجدت ثماني ليرات ونصفًا، فأخذتها. حين صحا، ولم يجد المال، أدرك أنَّ أمه اكتشفت سرقته، فلاذ بالصمت، وفعلتْ هي مثله. وهكذا تصبح لغة الصمت في الأُسَرِ المعدمةِ الوسيلةَ الممكنة الوحيدة لاستمرار العيش المشترك بدلًا من لغة التصادم التي تُشظّي العائلة، وتقيم سدًّا من الكراهية يؤدي إلى القطيعة.

فكَّر مازن بالتسلل إلى مطابخ البيوت المجاورة، فأصبح مثل طير الظلام يلج البيت من الباب الخارجي الذي يبقى غالبًا مفتوحًا، ثم يدخل إلى المطبخ ويفصل الخرطوم عن الجرة ويشرب قليلًا ثم يغادر. وقد نجح في مهمته مدة أربعة عشر يومًا، لكن أحد

الرجال في البيت الخامس عشر، وكان عائدًا من سهرة طالت مع أصدقائه، رآه عندما دخل المطبخ ليشرب الماء، فأمسك بتلابيبه، وانهال عليه صفعًا وركلًا، وهو يصرخ بأعلى صوته: «ماذا تفعل في بيتي أيها الكلب؟»، فاستيقظت أُسرته التي تعاونت عليه، إلى أن خلَّصت مازن من يدَيه، ودفعته خارج البيت.

لكن قصة مازن الجديدة شاعت في الحي ثم في أرجاء المخيمَين، فاستحال عليه بعد ذلك الوصول إلى أي جرة غاز، بل إنَّ كل باعة زجاجات الغاز الصغيرة الخاصة بتعبئة القداحات باتوا يرفضون بيعه إياها، فهداه تفكيره العليل إلى تجربة شرب الكحول المطهر في بيته، وحين اكتشفت الأُمُّ أمره، خبأت الزجاجة في مكان لم يهتدِ إليه، لكنَّ مازنًا على الرغم من هزال جسده وضعف قواه المتزايد لم يستسلم، فسرى ليلًا حاملًا معه لفافة صنعها على هيئة مصاصة طويلة تشبه تلك المستعملة في شفط المشروبات الغازية، وحاول فتح غطاء خزان البنزين لإحدى السيارات المتوقفة إلى جانب الرصيف، فوجده محكم الإقفال، فأعاد المحاولة في سيارة أخرى، فنجح، وأدخل مصاصته في الخزان وشفط قليلًا من البنزين، وأجبر نفْسه على استساغة طعمه حتى شعر بالخدر. راق له المشروب الجديد، وخصوصًا أن سرقته سهلة، ولن يفطن صاحب السيارة للنقص الطفيف في خزان سيارته.

أمَّا أُم مازن؛ فقد سلمتْ أمرها وأمره لله؛ فهي أعجز من أن تفعل أي شيء لمساعدته؛ فهي غارقة في مشكلات ثمانية أطفال، وتأمين طعامهم وكسائهم والسهر على دراستهم، كل ذلك وهي تشكوا آلامًا مبرحة تتناوب على عمودها الفقري ورأسها وساقَيها وذراعَيها، إلى جانب ضغط الدم المرتفع الذي يشل حركتها أحيانًا. كان ثالوث الفقر والمرض وانسداد الأمل يُخضع الأُسرة، كأُسر كثيرة مثلها، إلى حالٍ مريع من الكآبة والإحباط واليأس أحيانًا، لكن الحياة مع ذلك تستمر في المخيمَين بمَن يصمد أمام ذلك الثالوث الرهيب، مثلما صمدتْ أُم مازن وسواها من أجل أبنائهن وبناتهن.

لا بد من مصادفةٍ تفضح سرقة مازن للبنزين، فهي عملية مفضوحة أصلًا لولا عتمة الليل الساترة، لكن تلك العتمة تبددها أضواء السيارات العابرة بين حين وآخر، وكان مازن يراقب كلًّا منها، فيختبئ وراء السيارة التي يشفط منها البنزين، لكنه في تلك المرة التي افتُضح فيها، كان في حال من الخدر وفقدان الوعي حين رفع رأسه، فوجد أمامه رجلًا ضخمًا يشبه قلعةً متحركة، عاجله بصفعتَين قويتَين زلزلتا كيانه، فسقط على الأرض، وارتجفت أوصاله، وسال لعاب غزير أبيض من فمه، فخاف الرجل الضخم ولاذ بالهرب، لكن ضميره دفعه لإبلاغ قسم الطوارئ في المشفى القريب، بأنه رأى طفلًا يختلج خلف سيارة فتح خزان وقودها،

وحدد للمسعفين العنوان، ثم أسرع بالخروج غير آبه بأسئلتهم ونداءاتهم. انطلقت سيارة الإسعاف وعادت بالطفل، وأُجري له غسيل للمعدة والجهاز الهضمي، وقد أصبح مازن معروفًا لدى الكادر الطبي في المستشفى، وارتأى المدير إبلاغ الشرطة بالحادث مع توصيةٍ بإرساله إلى مصحٍّ لعلاج المدمنين، على الرغم من علمه بأن المصح الذي عناه ليس أكثر من سجنٍ يُحشر فيه مدمنو الخمر والمخدرات باعتبارهم جناة يهددون أمن الناس، وأن إعادة تأهيلهم لا تخضع لبرامج علمية توافق كل حالة على حدة، بل تنحصر مهمته في منع المدمنين من الوصول إلى المواد المخدرة، وحقنهم بمواد مهدئة في حال هيجانهم.

لم يكنْ أمام مازن سوى الاستسلام لمصيره، والعودة مرة أخرى إلى فكرة الانتحار التي ستخلصه نهائيًا من حياته البائسة وآلامه المبرحة. ووجد صدى فكرته بين المراهقين المدمنين على الحشيش، إذ لم يكنْ بينهم مدمن على الخمر أو أي نوع آخر من المخدرات، وطبعًا كان الوحيد المدمن على شرب المواد البترولية، وكان ذلك مستهجنًا بين العاملين في المصح ونزلائه، ما أثار فضولهم لسؤاله عن السبب، فكان جوابه المقتضب دائمًا: «لا أتذكر.. نسيتُ».

لم تزره أمه سوى مرة واحدة خلال الأشهر الثلاثة التي قضاها في المصح، وقد فعلتْ ذلك على مضضٍ؛ إذ إنها يئست من إصلاحه،

وقد زارته بدافع فطري كأُمّ، أو تلبيةً لواجب اجتماعي تقليدي،
ولتتمكن من إجابة الناس عن أخباره. أما هو ورفاقه من المراهقين؛
فلم يجدوا أداةً أو وسيلةً للانتحار؛ لأن إدارة المصح متيقظة لمثل
هذا السلوك، الذي غالبًا ما يلجأ إليه المدمن حين يُحال بينه وبين
المواد المخدرة، فَسَدُّوا كل سبيل أمام المدمن للوصول إلى أداة أو
مواد يُنهي بها حياته.

رفضت أم مازن استقبال ابنها في بيتها، وقالت له بحزم:
«تكفيني مصيبتي بك، ولا أريد أن تُنقل عدواك إلى إخوتك.
اذهبْ إلى بيت جدتك؛ علها تُسكنك في غرفتها، وانسَ أن لك
أُمًّا وإخوةً، نحن تبرأنا منك إلى الأبد».

تلقفته جدته العجوز بما تبقى في قلبها من حنان، واشترطت
عليه أن يقسم على كتاب الله أمامها إنه تاب عن عادته ولن يعود
إليها، فأقسم كما طلبت.

عانى مازن خلال فترة احتجازه من آلام مبرحة بسبب منعه
بالإكراه عن شرب الغاز والبنزين، وبدأ جسده يتعافى رويدًا رويدًا
من آثار السموم التي كادت تفتك بجهازه الهضمي والتنفسي
وشرايينه، وأصبح الآن قادرًا على العيش خارج دائرة الإدمان، وقد
شجعه على فعل ذلك ما أحسَّ به من محبة وحنان جدته ولهفتها
عليه، فقد كان محتاجًا إلى مثل هذا منذ وعى وجوده، وإلى مَن

44

يعترف بكيانه كطفلٍ مثل بقية الأطفال، وها هو يحصل عليه الآن من جدته دون شروطٍ، سوى القَسَم الذي عبَّرَ عن خوف جدته عليه وحبها إياه. لكن الأمل الذي أشرق نوره في تلك الغرفة الدافئة الصغيرة، ارتهن استدامته بنجاحه في إيجاد فرصة عمل تؤكد ثقته بنفْسه، وتعزز ثقة جدته به.

في الصباح الباكر، وعلى عادة عمال البناء والحمالين جلس على حافة الرصيف إلى جانب أمثاله من طلاب العمل اليومي الذي يؤودهم، وقدمتِ سيارات شاحنة وأخرى عائلية صغيرة وهبط منها السائقون، وتفحصوا أجسام العمال ووجوههم، واختار بعضهم ذوي العضلات الأكبر، وبعضهم اختار أصحاب مهن بعينها كالنجارة والدهان، حتى لم يبقَ على الرصيف سوى أصحاب الأجساد الهزيلة على شاكلة مازن، فمضوا إلى بيوتهم خائبين، ما عدا مازن الذي ظل في مكانه يحدوه الأمل في القادم من الوقت، وبعد مُضي ساعة من الصبر الممض، توقفت سيارة ركاب عائلية تلمع تحت وهج أشعة الشمس الصاعدة نحو كبد السماء، وترجل منها رجل خمسيني أبيض البشرة مربوع القامة والوجه، أنيق المظهر، وتقدم من مازن الذي نهض واقفًا مبديًا له كثيرًا من الاحترام. سأله الرجل: «هل تستطيع بناء جدار بطول عشرة أمتارٍ وبارتفاع مترٍ ونصف بين حديقة داري وحديقة جاري،

ثم تكسوه بالأسمنت، وتطليه بعد أن يجفَّ بالدهان؟»، فأجاب مازن دون تردد: «طبعًا أستطيع يا سيدي». قال الرجل: «أنا سأتكفل بإحضار المواد المطلوبة اليوم، وسآتي لأصطحبك من هنا صباح غدٍ في الساعة السابعة، وأتوقع أنك ستحتاج إلى يومَين أو ثلاثة للبناء والكساء، ثم تتوقف لأسبوع حتى يجف الجدار لتعود فتطليه بالدهان ليومَين آخرَين، فكم تريد أجرًا؟»، أجاب مازن وقد غمره الفرح ممزوجًا بالرهبة في آن معًا: «لن أساومك يا سيدي، بل أترك لك تقدير أجري بعد انتهاء العمل، وسأقبله دون اعتراض، وأستميحك العذر أن تدفع لي عربونًا كي ألتزم معك فلا أرتبط بعمل آخر، وخذ هويتي كي تضمن حقك». ابتسم الرجل وأخرج من محفظته ورقة نقدية من فئة المئة ليرة، ودفعها إليه قائلًا: «دغْ هويتك في جيبك؛ فأنا أثق بك».

ويمجرد رحيل الرجل، اتجه مازن إلى حانوت بيع عدد البناء في السوق الرئيسة، فابتاع رفشًا ومالجًا ومشحافًا وخشانةً ولوحًا لحمل الطين وميزان زئبق، ثم انتقل إلى حانوت بيع الدهان، وسأله: «إلام أحتاج من أدوات كي أدهن جدارًا في بيتي؟»، أجابه البائع: «تحتاج أولًا إلى مشحاف لتملأ بواسطته الأماكن غير المستوية بالمعجون وتسويها به، ثم إلى فرشاة عريضه وسطل». اشترى مازن تلك الأشياء، واستوقف سيارة شحنٍ صغيرة عابرة،

وضع عدته في صندوقها، وعاد إلى غرفة جدته مغمورًا بنشوة الفرح، وإن كان خائفًا من أخذ دورَي معلم البناء ومعلم الدهان للمرة الأولى في حياته، لكنه كان مصممًا على النجاح في تلك المهمة، ولذلك تجول عصر ذلك النهار بين الأبنية قيد الإنشاء، وراقب المعلمين والعمال، وحفظ تفاصيل عملهم، ودخل ورشةً تدهن غرفها، فحياهم وأثنى على عملهم، مدعيًا أنه ابن صاحب شقةٍ في الدور الرابع من البناء. وأحب رؤية الشقة بعد الدهان، فرحب به رئيس الورشة، واستعرض أمامه الطريقة التي يضع بها المعجون في أخاديد الجدار، وبعد ذلك طلاء الدهان بفرشاةٍ عريضة على مرحلتَين؛ لعلَّ الشاب الصغير يقنع والده باستقدامه إلى الورشة لدهانها.

استيقظ مازن مع شروق الشمس، واستأجر شاحنة صغيرة حملته مع عدة العمل إلى مكان تجمع العمال، وحضر الرجل في الموعد بسيارته الأنيقة، ووضع مازن العدة في صندوقها الخلفي، ثم ركب إلى جانبه تحت نظرات العمال الفضولية. ابتعدت بهما السيارة عن المخيم، وسارت في طرق فرعية ترابية محفوفة بأشجار الجوز والمشمش باتجاه الغرب، إلى أن دخلت شارعًا عريضًا مسفلتًا تجري عليه سيارات مختلفة الأحجام في الاتجاهَين، ثم توقفت إلى جانب بناء عصري مسقوف بالقرميد الأحمر.

قال الرجل: «اسمي يوسف، وأنت ما اسمك؟»، أجاب مازن: «أخوك الصغير مازن». قال يوسف: «هذا هو بيتي، انزلْ وانتظرْ هنا حتى يأتي إليك عامل الحديقة ليساعدك في حمل عدتك، وسيساعدك في البناء والدهان». قدم العامل بعد لحظات، وكان أكبر سنًّا من مازن، وأطول منه قليلًا، فابتسم لمازن وفتح غطاء صندوق السيارة الخلفي وحمل الأثقل من العدة، وهتف بصوت عالٍ اتسم بالود: «هاتِ البقية واتبعني». استجاب مازن وتبعه إلى ممر يتوسط حديقة من الورد أمام المنزل، ثم انعطف خلفه إلى اليمين على حافة الباب الرئيس للمنزل، ثم انعطفا إلى اليسار خلف المنزل، ليجد أمامه حديقة واسعة نهضتْ على جانبها الأيمن أشجار من الحور الطويلة مشكلة سورًا بينها وبين حارة تفصلها عن المنازل الأخرى.

أمَّا على الطرف الأيسر الذي وصلا إليه بحملهما؛ فقد كانت حديقة يوسف وجاره متصلتَين، وكأنهما حديقة واحدة، لولا أن العامل حفر حفرة طولية بعمقٍ وعرضٍ قصيرَين؛ لتكون دليلًا لمازن يبني عليها الجدار الذي سيفصل بين الحديقتَين. فوجئ مازن بتحدٍّ لم يتوقعه، وهو البناء على التراب؛ لأنَّ مثل هذا العمل يحتاج إلى خبرةٍ لم يتعلمها في ورشة الشيخ مصطفى، فقد كان يبني على أراضٍ مسطحة صلبة من الأسمنت المسلح. وأخذ

يفكر فيما عليه فعله. هل يحفر ذلك الخط الدليل بعمق يساوي حجم اللبنة؟ وهل يضع فيها قليلًا من مزيج الرمل والأسمنت، ثم يضع اللبنة فوقها؟ أم عليه أولًا وضع أسياخٍ مبرومة من الحديد مع المزيج، ثم وضع اللبنة. وجد نفسه حائرًا مضطربًا وخائفًا من اتخاذ قرارٍ خاطئٍ يكشف انعدام خبرته أمام عامل الحديقة الذي يراقبه منتظرًا خطوته الأولى، فقرَّر مازن أن يبدأ بالحفر أولًا، فقال للعامل وهو يتخذ دور المعلم الودود: «أنا مازن، وأنت؟»، أجاب العامل: «أنا أكرم». قال مازن: «أنت ستحفر بعمق لبنة، وأنا سأرفع التراب، ما رأيك؟»، قال أكرم: «هذا جيد، ويمكننا تبادل الدورَين عندما نتعب». قال مازن: «حسنًا.. هاتِ معولك، وأنا لديَّ رفشي».

استغرق عملهما نحو ساعتَين، أنهيا فيها الحفر، وقد نال منهما التعب، وتصبب العرق من جسدَيهما بغزارة، في ذلك الطقس الحار في أواخر شهر أيار. قال أكرم: «اجلسْ في ظلِّ شجرة التوت، ريثما أحضر الشاي لكلَينا». جلس مازن يلتقط أنفاسه، وينظر إلى إنجازه بعين الرضى لنجاحه في اجتياز الخطوة الأولى. تحدثا وهما يرتشفان الشاي من كأسَين زجاجيتَين كبيرتَين، فسأل أكرم: «أين تعيش؟ ومَن علَّمك هذه المهنة؟ وهل تحبها؟»، وسأل مازن: «هل تعيش في هذه المدينة؟ وهل صاحب البيت قريبك؟»، وكانت

أسئلتهما مجرد ثرثرةٍ لكسر الصمت الذي طال بينهما، لذلك لم يهتم أحدهما كثيرًا بأجوبة الآخر، وإن أبديا الاهتمام ظاهريًّا.

إن الإحساس العميق بالآخر يحدث فقط حين تكون هناك مصلحة طويلة الأمد معه، وغالبًا ما ينسى الإنسانُ الأشخاصَ الذين يلتقيهم عرضًا ولمدة قصيرة، وهذا ما كان عليه حال الشابَّين اللذَين يدركان أن لقاءهما مؤقت، وأن عليهما الحرص على إتمام عملهما بنجاح يسعد صاحب البيت.

تعاون الشابان على إنجاز خلطة الرمل والأسمنت ثم فرشاها على طول الخط، وبدأ مازن ببناء اللبنات الأُولى، وأكرم يأتي له بمزيد منها مع سطول الخلطة الأسمنتية السائلة، ونجح مازن في استخدام ميزان الزئبق لبناء الدور الثاني من اللبنات، ثم الثالث والرابع باستقامة طولية وأفقية تامة، قبل أن يُحضِر أكرم وجبة غداء قوامها نصف فروج مشوي وخضراوات، وقدح من اللبن البقري، ثم تابعا بناء الدور الخامس والسادس، بشكل مستوٍ لا ميل فيه ولا عوج.

وانتهت عملية البناء مع غروب الشمس، فأقبل يوسف مبتسمًا، وتفحص البناء وتأكد من استوائه مستخدمًا ميزان الزئبق، فبدا عليه الارتياح، وقال لمازن: «اغسلْ وجهك، واتبعني إلى السيارة لأوصلك إلى بيتك».

بدا يوسف رجلًا لطيفًا كريمًا، والأهم بالنسبة لمازن احترامه إياه، وذلك ما يحتاج إليه في هذا العالم الذي لا يُحسُّ وجوده، ولذلك لاذ بالصمت؛ إذ إنه لم يحظَ منذ وعى ذاته بمثَلٍ مشابه أو قريب من سلوك يوسف، بل شعر دائمًا أنه شخص هلامي فائض عن الحاجة، ومنبوذ محتقر وذليل، وهو ما دفعه للانتحار، ومن ثم الإدمان. جالت تلك الأفكار في عقله وهو منكمش في مقعد السيارة إلى جوار يوسف يقيده الحياء والخجل، وينتظر الوصول بلهفة إلى منزل جدته.

أما يوسف؛ فقد وجد في مازن شابًّا ذكيًّا نشيطًا سبقَ سنَّه الطفولية وبكرَّ برجولة ناضجة، جعلت منه معلم بناء، بينما أقرانه لا يزالون عمالًا في طور التعلم. فقال له: «فاجأتني سرعتك في إنجاز بناء الجدار خلال يوم واحد». زاد مدح يوسف من تقوقع مازن وشعوره بالغربة عن الواقع الجديد الذي ما كان ليحلم به، فلم يرد على الإطراء بكلمةٍ واحدة، وكل ما صدر عنه همهمة شخصٍ يطمئنه طبيب ماهر على سلامة جسده، مع أنه يشعر باقترابه من الموت، فعجز عن النطق. ولعلَّ يوسف تفهم معاناة مازن وإن لم يدرك سببها، فقال له: «دُلَّني إلى بيتك، وسأعود صباح الغد لاصطحابك».

كانت الجدة بانتظار مازن، وقد أعدت له عشاءً خفيفًا من

البيض المقلي واللبن الرائب والخبز، فأكلا معًا، وقد انطلق لسانه يروي لها ما أنجزه في يومه، ونجاحه فيه. فضمت فرحةً حفيدها بحنانٍ غادرها منذ تزوج والده ورحل عنها قبل عشرين عامًا، ومن قبله ابنتها التي غادرتها مع زوجها إلى الكويت وانقطعت أخبارها. وهي الآن تستعيد بعض دفء العائلة مع حلول حفيدها مازن في بيتها، وغمرتها السعادة لنجاحه في عمله، ولخلاصه من جحيم الإدمان وتحوله إلى شابٍّ سويٍّ ناجح.

نام مازن نومًا عميقًا في تلك الليلة إلى أن انبلج الصبح، فنهض مشرق الوجه، نشيط الحركة، وصاح وهو يغسل وجهه: «صباح الخير يا جدتي الحبيبة»، ثم قبّل رأسها وكفّيها، وجلس إلى المائدة التي أعدتها على طبقٍ من القش وسط الغرفة، فأكل زيتونًا وجبنًا وزعترًا وزيتًا مع قدح من الشاي، وتجهّز لمرافقة يوسف. نجح مازن في طلاء الجدار بخلطةٍ من الرمل الخشن والأسمنت، ثم مرر على الطين الخشانةَ الإسفنجية التي جعلته خشنًا وجاهزًا لإعادة طلائه بالرمل الناعم والأسمنت، ثم صقله بقدّادة خشبية خاصة، وهو يضع ميزان الزئبق مرةً بعد مرة إلى أن تأكد من استوائه، وحين انتهى من ذلك أقبل يوسف، فسأله مازن: «ما رأيك سيدي أن نترك الجدار ثلاثة أيام يسقيه أكرم خلالها صباحًا ومساءً، تعقبها أربعة أيام أخرى حتى يجف تمامًا ويصبح جاهزًا للدهان، فأعود

لدهانه؟»، ابتسم يوسف وقال: «كنتُ أنتظر منك ذلك لأتأكد أكثر من مهنيتك ونزاهتك. سأعطيك الآن مئة ليرة عربونًا ثانيًا، وسآتي لاصطحابك بعد سبعة أيام». في طريق العودة غرد لسان مازن بعدما حرره نجاحه وثقة يوسف به وثناؤه عليه، فاستدار نحوه وقال: «أنا ممتن للطفك وكرمك يا سيد يوسف، وسعدتُ كثيرًا بالعمل في بيتك الجميل». ربت يوسف على كتف مازن قائلًا: «وأنا سررتُ بك، وسأعتمد عليك كلما احتجت إلى إصلاح أي شيء في بيتي».

دخل مازن إلى بيت جدته وقد استقام ظهره والبسمة تنير محياه، وقال لها وهو يُقبِّل رأسها: «لقد أحبَّ صاحب العمل شغلي وأثنى عليه، ومنحني مئة ليرة عربونًا جديدًا؛ لأقوم بدهان الجدار بعد سبعة أيام، فخذي منها خمسين، وسأعطي أمي خمسين». ضمته الجدَّة إلى صدرها قائلة: «الحمد لله يا بُني على نجاحك وفرحك، وهذا أهم من أموال الدنيا».

انطلق مازن مثل طيرٍ كان للتو عاجزًا عن الطيران، فتحرك جناحاه دون جهد منه، وحلقا به إلى حيث أراد. لم تستوعب أُمُّه ذلك التغيير المذهل في شكل ابنها وحيويته وابتساماته، وانطلاق لسانه، ثم مفاجأته لها بالمبلغ الكبير الذي كانت في أمس الحاجة إليه، فبكت على كتفه وقبَّلتْه على خدَّيه متمتمةً بصوت هامس

ودون توقف: «الحمد لله، الحمد لله»، فيما تحلق إخوته وأخواته البائسون حول أمهم وأخيهم وغمروهما بالقُبل، وقد مست مقلهم شمس الفرح والأمل بأيام سعيدة قادمة تنتشلهم من قاع الفقر واليأس إلى دنيا السعادة.

أحسَّ مازن قوة لم يعهدها في نفْسه وجسده، لكنه أحسَّ أيضًا ثقل المسؤولية التي عليه حملها منذ الآن لقيادة عائلته إلى عالم الضياء والحرية من كابوس العجز المزمن. ولذلك انطلق مع إشراق شمس الصباح التالي إلى رصيف العمَّال، وهو أكثر ثقة بقدرته على إنجاز أي عمل يُطلب منه، محاولًا تجاوز مظهره الطفولي بمشيته وجلسته وحديثه مع أقرانه الأكبر عمرًا والأكثر خبرة. ومع ذلك تكرر المشهد الذي عاشه قبل يومَين، فلم يحظَ بطلبٍ من طالبي العمال، وظلَّ على قارعة الشارع وحيدًا بعدما استُدعي معظم العمَّال، وعاد الباقون إلى بيوتهم، فلم ييأسْ من مرور الوقت وارتفاع الشمس إلى كبد السماء، بل مرر الوقت باحتساء ثلاثة أكواب من الشاي ابتاعها من عربةٍ يبيع صاحبها للعمَّال الشاي ولفافات الفلافل واللبنة والزعتر.

فجأةً توقفت إلى جانب الرصيف سيارة شاحنة متوسطة الحجم، وقد غصَّ صندوقها بأثاث منزلي ارتقى بعضه فوق بعض، وشُدَّتْ جميعها إلى جدارَي الصندوق بحبال ثخينة، وخاطبه

سائقها بصوت جهوري عالٍ: «هل تساعدني في تفريغ هذا الأثاث وحمله إلى الطابق الثالث في بناية قريبة في مخيم اليرموك؟»، أجاب مازن فورًا: «طبعًا أساعدك، كم ستدفع؟»، قال الرجل الأربعيني المكتنز الوجه: «خمسًا وعشرين ليرة»، فقال مازن: «أرافقك، ولكن مقابل خمسٍ وثلاثين ليرة». ابتسم السائق وقال: «حسنًا.. اصعد».

كانت عضلات مازن قد نمت وقويت خلال فترة العمل مع الشيخ مصطفى، واستعادت بأسها في اليومَين الماضيَين، وكذلك أمدّتهُ حالته النفسية الجديدة بقوة الجلد والصبر، وأصبح الآن مستعدًّا لخوض معركة حمل قطع الأثاث أيًا كان ثقلها، وكيفما كان حجمها، ففي سبيل إسعاد أمّه وجدته وإخوته ستهون عليه المشقة التي ستنتهي بتحصيل المال والعودة به إلى أحبائه، فينال ثناءَهم ويُسعدُ بفرحهم.

وبتلك الروح الوثابة والحيوية الدافقة أنجز العمل سريعًا أدهشت صاحب الأثاث، فأثنى عليه ومنحه أربعين ليرة، وأصرَّ على إعادته إلى منزله قائلًا: «أريد أن أعرف عنوانك؛ لأدعوك عندما أحتاج إليك أنا أو معارفي».

أعاد مازن الكَرَّة في صباح اليوم التالي، وجلس على الرصيف ينتظر فرصةً جديدة. فلم يحالفه الحظ طوال النهار، فلم ييأس، وأعاد التجربة في اليوم الثالث. وكالعادة رحل جميع أقرانه، ويبقي

وحيدًا على الرصيف. فبقي إلى حوالي الساعة التاسعة، تهادت سيارة عائلية صغيرة تقودها سيدة تتحرك بعصبيةٍ وراء المقود وتلتفت مراتٍ إلى الخلف، وهي تهدر بصوتٍ بدأ يسمعه مازن حين توقفت إلى جانبه، وكان آخر ما سمعه: «اسكتْ نهائيًّا؛ لا أريد سماع صوتك»، وظهر لعينَي مازن رجل كهل ضامر الخدَّين أشيب الشعر حليق الذقن، وقد ترك رأسه يتوسد مسند مقعده ويهتز مع حركة السيارة. فتحت السيدة التي طلت وجنتاها السمراوان وجفناها المهيضان وشفتاها الغليظتان بمساحيق فاقعة الألون، وقالت له بصفة الآمر المستبد: «اصعدْ إلى جانبي؛ لتساعد زوجي على الصعود إلى منزل ابنته في الطابق الرابع، وابقَ معه، حتى أعود لاصطحابكما بعد ثلاث ساعات، وسأعطيك أجرك المناسب».

ولسببٍ ما لم يدركه في تلك اللحظة، وجد نفْسه يُخضع لأمرها ويجلس إلى جانبها، كأنه خادم مطيع لأميرة صارمة مستبدة. ساد الصمت طوال الطريق إلى منزل ابنة الكهل، والذي استغرق زهاء نصف ساعة. هبط مازن بمجرد توقف السيارة إلى جانب بناءٍ من ستة طوابق، وفتح الباب الخلفي، وأمسك يد الكهل اليُسرى مترفقًا به حتى وطأت قدماه الأرض، واستقام جذعه قليلًا.

ألقى الكهل نظرة عتاب على زوجته، واستند بكفه على كفِّ

مازن، وراح يخطو بتؤدة إلى جانبه باتجاه المدخل، بينما انطلقت السيدة بسيارتها كأنها في سباقٍ مارثوني، مصدرة صوتًا مزعجًا استنكره المارة، واستفز بعضهم، فكال لها شتائم ثقيلة، من حسن حظها أنها لم تسمعها، فيما علق الكهل قائلًا: «لِتنتقمْ منها يا ربي، ولْترحْني من شرّها»، ولم يشأ مازن على الرغم من فضوله الشديد أن يتدخل فيما لا يعنيه.

خطوة خطوة، واستراحة طويلة بعد كل طابق، حتى وصلا إلى باب الشقة التي أشار إليها الكهل قائلًا بصوت متهدج: «اضغطْ على الجرس من فضلك». حين فُتح الباب، ظهرت بين قائمتَيه فتاة نحيلة القد بيضاء البشرة جميلة الوجه، وانفرجت ابتسامتها الحارة عن أسنان دقيقة بيضاء ناصعة، وتقدمت نحو الكهل وعانقته وأمطرت وجهه وكتفَيه بالقُبل، هاتفةً: «بابا.. بابا»، واحتضنته بقوة، وأمسكت ذراعه وسارت معه حتى ولجا من عتبة الباب. حينها فطنت لمازن، فقالت والخجل يورِّد خدَّيها: «آسفة لم أسلم عليك؛ فقد غفلت عن كل مَن حولي حين رأيتُ أبي. تفضل.. أرجوك اعذرني». وجد مازن نفْسه في بيئةٍ غريبةٍ عما ألفه في بيئته، فشعر بثقلٍ يعرقل مشيته، ويدوارٍ خفيفٍ يجتاح تركيزه، فتقدم على مهلٍ نحو الأريكة التي أشارت إليها السيدة الصغيرة الجميلة، فجلس عليها، وقبض على مسندَيها كأنما يتمسك

بحافتَي قاربٍ صغير تتلاعب به أمواج البحر. فيما أجلست أباها برفقٍ وحذرٍ على الأريكة الطويلة قبالته، وجلست إلى جانبه ممسكة كفَّيه وقبَّلتْهما دون توقف، وكأنما تستغل ثواني الزمن قبل أن تأفل بغير عودة.

قال لها والدها وهو يصارع أنفاسه المتلاحقة التي تسابق الزمن أيضًا لتبقيه حيًّا، فلا تخنقه الذكريات الثقيلة القاسية التي صاغ أحداثها بنفْسه على حساب أبنائه ليظفر بسيدةٍ أوقعتْه في حبها وشغلته عن أُسرته، إلى أن تفاقمت عللَه الجسدية وأضحى عبئًا عليها، فملَّتْه واستعجلت موتَه: «كيف حالكِ يا ميسون؟ وكيف حال زوجكِ؟»، أجابته ميسون: «نحن بخير، المهم أن تكون أنت بخير». أجاب الكهل: «الحمد لله على كل حال، أصلح الله زوجتي، فقد باتت عصبية، دائمة الشكوى والصياح، وأشعر أنها تكرهني وتتمنَّى موتي بعد أن تردَّت صحتي، وأصبحتُ محتاجًا إلى مَن يخدمني».

أحسَّ مازن حرجًا شديدًا، وتابع مكرهًا حديثهما عن شجون الأُسرة وأسرارها، فهو مجرد أجير غريب التقطته زوجة الكهل من الشارع، لكنه صار أسيرًا صامتًا في مقعده، وليس من اللائق أن يكسر لحن البوح الحزين الذي يغشى المكان، فيصدح أو يهمس بالاعتذار والانسحاب إلى الشارع، لينتظر هناك عودة الزوجة.

لاحظت ميسون قلق مازن، فبادرت هي بالاعتذار: «لا تؤاخذني، نسيتُ أن أتعرف إليك». قال مازن بصوتٍ خفيض مضطرب: «لا عليكِ أختي ميسون؛ فأنا عامل بناء، كنت أنتظر في ساحة المخيم مَن يحتاج إلى عامل، فاستأجرتني زوجة أبيكِ لأصعد به إليكِ، ثم أعود به إلى سيارتها عندما تعود بعد ثلاث ساعات، وأرجو أن تسمحي لي بالهبوط لانتظارها على الرصيف أمام البناء، حتى تعود فأصعد لمساعدته في النزول على الدرج». قالت ميسون بحنان بالغ: «لا.. لن أسمح لك، ستبقى معنا، وستتناول الغداء معًا، أهلًا وسهلًا بك».

طأطأ مازن رأسه نحو أرض الصالة متمتمًا: «شكرًا.. شكرًا»، وتشاغل بالتمعن في نسيج السجادة التي تضج بالألوان الزاهية المتداخلة التي استغرقت المساحة بين الكنبات، ثم تابع النظر إلى قطع البلاط الأبيض الموشى بخطوط دقيقة زرقاء وأرجوانية الممتدة حتى الجدار الذي يفصل الصالة عن المطبخ، الذي تُرك بابه مفتوحًا، فبدت منه خزائن بنية علقت على جدرانه الثلاثة، وظهر تحتها موقد غاز بثلاثة رؤوس يعلوه إبريق للشاي، كما ظهر ممر ضيق إلى اليمين توقع أنه يفضي إلى غرفة أو غرفتَين للنوم. أما جدران الصالة فكانت بلون الفستق الحلبي الأخضر، ما استدعى إلى ذكراته الجدار الذي بناه ليوسف، فقرر أن يقترح طلاءه بهذا

اللون الذي أحبه؛ لكونه ينسجم مع اللون الأخضر الطاغي في حديقتَي يوسف وجاره.

في هذه الأثناء، التي انشغل فيها عن ميسون وأبيها، تحدثا بصوت عادي، وبدا له أنَّ الأب أصبح أكثر ارتياحًا؛ فقد استقام جذعه وأشرق وجهه بالابتسام، بينما ميسون تضحك سعيدةً بالتخفيف من كربه، فنهضت وقد اطمأنت عليه وقالت: «سأحضر لكما كوبَي الشاي، وأتركما تتحدثان ريثما أعدُّ مائدة الغداء».

لم تكن مهمة التحدث إلى الكهل بسيطة، بل شاقة جدًّا على مازن الذي لم تقده ظروف حياته للجلوس إلى شخص مسنٍّ غريب وتبادل الحديث معه، لكنها الحياة التي لا تتوقف عن خلق ظرف جديد تتحدى به الإنسان، فيضطر للتعامل معه مكرهًا.

ساد صمت ثقيل بعد رحيل ميسون إلى المطبخ، فكسره الكهل بسعالٍ مضطرد خفيف أعقبه بسؤال: «من أين أنت يا بني؟»، قال مازن باقتضاب: «من مخيم اليرموك». فسأله الكهل: «هل أنت طالب أم تعمل؟»، أجاب مازن: «تركتُ المدرسة، وأعمل في البناء». «وماذا عن عائلتك؟»، سأله الرجل. أجاب مازن: «توفِّي أبي، ولي ثمانية إخوة وأخوات أكبر مني، وأمي ترعانا جميعًا، ولي جدة أعيش معها».

وهنا تحمس مازن للسؤال بعدما اكتشف أن الكهل ليس صعبًا كما توقع، فقال: «وأنت يا عمي، أين تعيش؟ وكم لك من الأولاد؟»، ابتسم الكهل ابتسامةً دالةً على تاريخ طويل من المعاناة التي دعته للسخرية فيما بدا من ابتسامته التي صحبتها تنهيدة: «ليس لديَّ أبناء سوى هذه الملاك ميسون، فقد ماتت أمها بمرض السرطان عندما بلغت الثانية من عمرها، أحببتُ أُمَّ ميسون حبًّا عظيمًا، وتحول حبي لها إلى ميسون التي تشبهها، فأفنيتُ شبابي في تربيتها وتعليمها، حتى تخرجت في كلية الفنون الجميلة بجامعة دمشق، وأصبحتْ فنانة رائعة كما حلمت، انظر إلى هذه اللوحات البديعة التي رسمتْها، وهي بعض من عشرات مثلها معلقة في أرقى البيوت الدمشقية والحلبية وكثير من البيوت في بقية المدن السورية».

نظر مازن إلى الجدران، وراعه أنه لم ينتبه لوجودها على الرغم من استعراضه للجدران وألوانها؛ فقد كانت تلك اللوحات أشياء لا يفهمها، بل يخالها لا تعنيه.

أكمل الأب: «تزوجتْ بعد ذلك ميسونُ زميلَها الذي أحبته وأحبها في الجامعة منذ عامَين، وبدأت صحتي تتدهور طيلة ذلك؛ بسبب مرض السكري، فأُحلتُ إلى التقاعد من وظيفتي كمدقق حسابات في مديرية الصحة بدمشق، وشعرتُ بالوحدة بعد زواج

ميسون وانتقالها للعيش في هذه الشقة، كما أنني بتُّ محتاجًا إلى مَن يساعدني على قضاء حوائجي، فاقترحتْ عليَّ ميسون وكذلك زوجها الانتقال للعيش معهما، فأبيتُ، واقترح عليَّ الأقارب والأصدقاء زواج أرملة أو مطلقة أو عانس، وساعدتهم ميسون في إقناعي، فوافقتُ».

أقبلتْ ميسون في تلك اللحظة تحمل كوبَين صغيرَين من الشاي الأحمر القاني على صينية فضية وضعتْها بينهما على الطاولة الصغيرة، وهي تقول ضاحكة: «سمعتُ اسمي، ليتني ما وافقتُ على تلك الزيجة اللعينة»، ضحكتْ ثانية وأردفتْ: «سيكون الطعام جاهزًا بعد نصف ساعة، أكملوا حديثكم».

قال الأب: «اختارت لي زوجة أخي امرأةً عانسًا أصغر مني بعشر سنوات، وهي تلك التي رأيتَها، ولا بد أنك لاحظتَ عصبيتها. أنا أعذرها أحيانًا»، وهنا أخفض صوته ومدَّ رأسه نحو مازن وهمس: «لأنني عاجز جنسيًّا بسبب السُّكَّري»، ثم عاد إلى وضعه السابق وتابع: «أنا أشفق عليها؛ لأنها حُرمت الأبناء، وكما رأيتَها تبالغ في التعويض عن إحباطها بمساحيق التجميل التي جعلتْها أضحوكةً بين أقربائي ومعارفي، ما زادها نفورًا منهم وقسوةً في التعامل معهم، فانفضوا عن زيارتنا، وبتنا نعيش وحيدَين نتشاجر معظم الوقت، وأصبحتْ زيارتي الأسبوعية لابنتي هي

المتنفس الوحيد الذي يبقيني حيًّا».

أقبلت ميسون نحوهما بقامتها الرشيقة وابتسامتها اللطيفة المشرقة، وقالت بصوتٍ رخيمٍ حنون: «تفضلا؛ الطعام جاهز». تلقف مازن الدعوة بحياءٍ أعاق نطقه وقدمَيه، لكنه تحرك بتلكؤٍ وتردد وشعور بعدم التوازن تحت ضغط حرارة الدعوة التي شارك فيها الأب مشجعًا: «تعالَ يا بني، وذُقْ طعام ميسون؛ فهي خليفة والدتها، بل وتسبقها في بعض الطبخات».

طوال فترة تناول الطعام لم يستطع مازن لملمة مشاعره المضطربه وشتات نفسه المبعثرة، وكان كل ما يفكر فيه هو لحظة انتهاء هذه المهمة التي لم يكن مؤهلًا لإنجازها كإنسان لا يعرف مفردات العلاقة بين الأب والابنة، وبين الكهل وزوجته، ولا حتى طقس الحفاوة بعامل غريب ومشاركته أسرار العائلة وهمومها، بل لا يعرف حتى مجاراة مضيفته في طريقة الجلوس والحديث وتناول الطعام. فهو ينتمي إلى عالم بلا ملامح واضحة أو هوية مفهومة، عالمٍ بدائيٍ لا قواعد لسلوكه، ولا وشائج متينة بين أفراده، وتتحكم فيه عواطف غرائزية متفلتة، وتقتصر أهدافه على تأمين أبسط الأشياء التي تُبقيه موجودًا يدب على الأرض غصبًا عنه لا حبًّا فيها.

قالت له ميسون وهي تودعه: «سأخبر زوجي عنك؛ فقد يجد

لك عملًا ثابتًا في شركته، فما رقم هاتفك؟»، ردّ مازن وقد تملكه الفرح ولاح له أمل الانتقال إلى عالم بهيٍّ يعترف بكينونته: «ليس في بيتنا هاتف، ونعتمد على هاتف دكان الخضراوات القريب من بيت جدتي. وأنا أحفظ رقمه». قالت ميسون وهي تداري ابتسامتها: «هذا جيد. سأحضر قلمًا وورقة، وأسجله». عندما هبط مازن متأبطًا ذراع الكهل بقوة، وجد زوجته تنتظرهما خلف مقود سيارتها، ولم تلتفتْ نحوهما وهما يصعدان إلى مقعدها الخلفي، ثم يغلقان بابها، ولا ردت على تحية زوجها عندما قال لها: «أهلًا رقية، أرجو أنك لم تنتظرينا طويلًا». انطلقت السيدة رقية كامرأة آلية خلا وجهها من أي تعبير دالٍّ على حزنٍ أو فرحٍ أو مقتٍ أو رضى. وأوقفت سيارتها في المكان الذي اصطحبت منه مازنًا، ونقدته خمسين ليرة، فشكرها، وصافح الكهل وودعه، وهُرع بالنقود إلى أمه، فأعطاها خمسًا وعشرين ليرة، ثم إلى جدته فأعطاها عشرين ليرة، وأبقى لنفْسه خمس ليرات.

وعلى الرغم من تلك النجاحات التي حققها خلال الخمسة أيام الفائتة، إلا أن شخصيته لا تزال هشة، تتأثر بنظرة عابر يظنه يعرف ماضيَه في الإدمان، فيرتعد جسده فرقًا. وإن تجاهلته امرأة، ظنَّها تشك في رجولته، فيذكر فعل الشيخ مصطفى فيشعر بدوارٍ يفقده توازنه، فيستند إلى جدارٍ أو عمود لفترة قد تطول إلى أن

يتمالك نفْسه. ومن حسـن حظه أن التقى أناسًا طيبين لا يعرفونه، وأخشى ما يخْشاه أن يشي واشٍ به لهم، فيفقد احترامهم. وهكذا هي حال الضحية التي لا ذنب لها في مآلها، لكنها لا تدرك ذلك أبدًا، بل يتملكها شعور قاسٍ بالدونية تجاه الآخرين، وبأنها مذنبة وشريرة، وعالة على البشر، وفائضة عن الدنيا.

وها هو مازن يختار الفجر لخروجه إلى العمل، والعتمة لعودته، أو لزيارة أمَّه، ويعتمر كوفيةً تغطي رأسه وجبينه وخدَّيه وتنسدل قليلًا فوق عينَيه، حين يجلس على الرصيف إلى جانب العمال. ولم يكن حنان جدته وأمّه ليمنحه الثقة بنفْسه، بل لا يرى فيه سوى عاطفة غريزية يتساوى فيها مع الحيوانات. هو يحتاج إلى شخص حكيم يفضي إليه بأسراره، فيتلقفها ويتفهم أسباب إدمانه، وسبب اغتصابه، لكنَّ مازنًا لا يملك شجاعة البوح ليوسف أو أكرم أو الكهل والد ميسون، وسيظل أسير عار ماضيه، وسيظلُّ يتلطَّى بالعتمة والكوفية دون أملٍ في مستقبلٍ منقطعٍ عن الماضي.

ولقد خطرتْ له فكرة الهجرة من المخيم ومن دمشق كلها إلى مدينة بعيدة لا يُصادف فيها مَن يعرفه، لكن السبيل إليها مستحيل على شابٍّ صغير فقير، وتنقصه الخبرة في كل شيء. هو يعيش الآن يومًا بعد يوم ليبقى على قيد الحياة بحكم الفطرة، التي لا بديل عنها سوى الانتحار الذي اختبر آلامه ولن يكرره.

وكعادته جلس فجر اليوم التالي على حافة الرصيف ينتظر مَن يستأجره. كان مازن يبتعد قليلًا عن العمال، متفاديًا الحديث معهم؛ كي لا يضطر لفضح وجهه فيعرفونه، وتلوك سيرته القديمة ألسنتهم القاسية، فيفسدون عليه حياته من جديد، كما ابتعد حين يأتي مَن يطلب مجموعة من العمال دفعةً واحدة، ودائمًا ينتظر مَن يختاره فقط، وذلك لا يحدث إلا حين يغادر الجميع ويبقى وحيدًا.

في هذا اليوم والذي تلاه لم يستأجره أحد، وحان موعد قدوم يوسف إلى بيت جدته، فاستعد مبكرًا، وجلس أمام الباب الخارجي ينتظره، وحين أهلَّ بسيارته من بعيد، داخله السرور، وغمر قلبه الفرح، فقد احتل يوسف دور أبيه الذي لم يره ولم يختبر حنانه ورجولته، لكنه وجد في يوسف ما تمناه في أبيه.

صعد مازن إلى جانب يوسف الذي استقبله ضاحكًا قائلًا: «نفذنا تعليماتك يا معلم، فسقينا الجدار ثلاثة أيام، وتركناه يجف أربعة». أجاب مازن وقد أسره تواضع يوسف: «أتمنى أن يعجبك الدهان يا سيدي». قال يوسف وهو لا يزال على مرحه: «سيعجبني؛ فأنا مطمئن لذكائك وإخلاصك».

بدأ مازن أولًا بطلاء الشقوق والأخاديد بالمعجون، ثم اطمأن لاستواء سطح الجدار بميزان الزئبق، قبل أن يباشر في الدهان

الزيتي الفستقي اللون، وإلى جانبه أكرم يلبي طلباته في تحريك السائل وسكب قليل منه في علبة دائرية تتسع للفرشاة الكبيرة، وتطلَّب العمل التأني في توزيع المادة اللزجة على مساحة صغيرة من الجدار تتبعها مساحة أخرى، إلى أن انتهى من دهانه على وجهَيهِ في حوالي الساعة الخامسة بعد العصر، وتخلل ذلك فترة تناول طعام الغداء التي حدثت فيها مفاجأة لم تكن في حسبان مازن، فقد أحضرت الطعام صبية بالغة الحسن ممشوقة القد بيضاء البشرة، انسدلت من رأسها المكور جديلتان سوداوان إلى ما دون ركبتَيها، وغزا بريق عينَيها العسليتَين قلب مازن، وهي تخطر أمامه بحيوية ودلال، وتقول: «تفضلا، هذه طبختي، ليتها تعجبك يا معلم مازن». كاد مازن أن يفقد توازنه، فيرمي الفرشاة من يده ويقعي على الأرض عندما لفظت لفظت اسمه. وتخيل لدقيقة أنه يحلم، وهو يقول لنفْسه: «مَن أنا لكي تحتفي بي هذه الملاك؟ يا إلهي! ما أجمل اسمي وهذا الثغر البديع يغرده؟»، وستظل صورة الفتاة مطبوعة في خلايا عقل وقلب مازن ما بقي حيًّا، وسيعمل بعد مغادرتها بشغف أكبر، وسعادةٍ لم يستشعرها من قبل.

أوصله يوسف إلى بيت جدته، ثم حمله صباح اليوم التالي إلى حديقته، وللمرة الثانية تحمل الحسناء إليه طعام الغداء وتغزو قلبه، فأسرته. وحين انتهى من عمله وأزفت ساعة رحيله عن هذا

المنزل الذي صار كعبة ستطوف حولها روحه، أخذ يفكر بطريقةٍ تعيده إليه بذريعةٍ مقنعةٍ ليوسف، وكم تمنى لو تأتي المبادرة منه بعدما عجزه عن اجتراح سبب. منحه يوسف قبل أن يودعه قبالة بيت جدته مئتَي ليرة، وهو ضعف ما توقعه مازن، وقبل أن يودعه سأله عن هاتفٍ يستطيع التواصل معه من خلاله، ذكر له مازن رقم صاحب الدكان جاره، وأشار إليه، فسجله يوسف، ووعده بأن يكون الشخص الوحيد الذي سيعتمد عليه في صيانة منزله أيًا كان نوعها، وسيرشحه أيضًا للعمل في بيوت أقربائه وأصدقائه.

وعده الأخير أهم ما تمنّى سماعه، فأراح نفسه، وبث فيها أمل رؤية ابنته في القادم من الأيام مهما طالت. لم يعرف مازن اسمها، لكنه حفظ تفاصيل جسدها، ولحن صوتها وأنغام ضحكتها، وانطبعتْ صورة عينَيها الواسعتَين وأنفها الدقيق وشفتيها الرقيقتَين وأسنانها الناصعة البياض ووجهها المستدير كالقمر، وباتت تزوره في أحلامه معظم الليالي، وقد تملكه شعور طاغٍ بأنها استلطفت حضوره، وكان ذلك كافيًا لإخراجه من مستنقع بيئته الآسن إلى جنةٍ مفروشةٍ بالورد تغمرها الشمس، وتلعب في فضائها النسائم العليلة والعصافير الملونة.

انطلق مازن إلى غرفة أمّه وإخوته محملًا بالفوكه والحلويات، وأعطى كلَّ منهم خمس ليرات، ولأمّه أربعين ليرة، ثم عاد إلى جدته

حاملًا مجموعة أكياس حوت لحمًا وبيضًا وخضراوات وفواكه متنوعة، وأعطاها أربعين ليرة، واستبقى لنفْسه عشرين ليرة من كامل المبلغ. فأسعدتْه نظرات جدته وأمه وإخوته التي أشرقت بالفرح. لم يجد في نفْسه دافعًا للذهاب إلى ساحة العمال، إذ كان لديه وجدته وأمِّه ما يكفيهم من المؤون والمال لبضعة أيام، كما توقع أن يهاتفه يوسف أو ميسون خلال يومَين أو ثلاثة، فاسترخى على فراشه، ثم نظف غرفة جدته بعدما أدار المذياع على محطة تبث أغنية (نار يا حبيبي نار)، التي حاكت مشاعره وتماهت كلماتها مع أحاسيسه.

مضت خمسة أيامٍ على مكوثه في بيت جدته، قضاها في معالجة الجدران المتشققة وإعادة دهانها، وتغيير صنبور الماء في المطبخ، ومعالجة خزانة الملابس القديمة، وأيضًا في سماع ذكريات جدته عن أبيه وأعمامه وعماته وجده، وكانت ترويها بحماسةٍ ويأداء تمثيلي تقلد فيه كل شخص تتحدث عنه.

في ضُحى اليوم السادس طُرق باب الغرفة، وكان الطارق أبا علي صاحب دكان البقالة، الذي طلب منه الإسراع باللحاق به ليرد على مكالمةٍ من سيدة اسمها ميسون. فهُرع مسرعًا، وتبادل معها التحية، ثم قالت له: «هل بإمكانك الوقوف في المكان الذي أخذتك منه زوجة أبي الساعة التاسعة صباحًا لترافقه إلى بيتي؟»،

أجاب مازن: «أنا طوع أمرك سيدة ميسون، سأكون هناك في الموعد».

توقفت سيارة الكهل وزوجته إلى جانب الرصيف، وكانت الزوجة مكفهرة الوجه مقطبة الجبين أكثر من المرة السابقة، فلم تقل له: اصعد إلى الخلف، ولم ترد على تحية الصباح بعدما صعد إلى المقعد الخلفي وأغلق الباب، بل ناب عنها زوجها بالرد قائلًا بصوت دافئ: «أهلًا مازن، كيف حالك وحال أهلك؟»، وامتد بينهما حديث المجاملة حتى وصلا.

مضى ذلك النهار ممتعًا برفقة الكهل وابنته ميسون اللطيفة، ليفاجأ مازن بكيس ورقي كبير قدمته إليه ميسون قائلةً: «هذا طعام لجدتك وأمك وإخوتك، زائد عن حاجتنا. تفضل خذه. وهذه خمسون ليرة لقاء تعبك مع والدي، ولك الشكر».

وعلى الرغم من الصيغة الحنونة اللطيفة التي رافقت هدية الطعام، إلا أنَّ مازنًا شعر بالذلِّ والهوان، وهوى تقديره لنفْسه من شابٍّ مجتهدٍ بدأ للتو يثق بقدرته على الإنفاق على أُسرته إلى مجرد طفل ضعيف يحتاج المساعدة، لكنه لا يملك الجرأة للاعتذار خشية أن يفقد رضى ميسون وأبيها عنه، وأن يعتبراه متكبرًا على النعمة، ولم يفهم قصدهما، وهو إلى ذلك أضعف من مواجهة مَن يُسيء إليه، فكيف بمَن يُحسن إليه؟!

حمل الكيس بيده اليسرى، وأمسكت اليُمنى كفَّ الكهل،

وهبطا الدرج، ثم صعد إلى السيارة التي حطت به ويحمله أمام بيت جدته. تلقفت الجدة الكيس، وأخرجت محتوياته، وغمرتها البهجة، ولهجت بالدعاء لصاحبة المعروف على كرمها، فيما جلس مازن في زاوية بعيدة كسير الفؤاد مشتت الفكر.

طُرق باب الغرفة في تلك الأثناء، ولم تكن حالته النفسية تسعفه ليرد أو يتحدث، فصاحت جدته المنهمكة في تخزين الطعام في الثلاجة: «افتح الباب يا مازن، أنا مشغولة»، فاضطر للنهوض والتقدم نحو الباب بخطى متثاقلة، ليجد صاحب دكان البقالة يطلب منه اللحاق به ليرد على هاتف من السيد يوسف.

شعر مازن بشيءٍ من النشاط يدب في أوصاله، لكنه لم يخلصه من الكرب الذي فتَّ عضده، فلحق به وحمل سماعة الهاتف وقال بصوتٍ ينم عن ضعفٍ أو مرض: «نعم أستاذ يوسف»، قال يوسف: «أرجو أن تكون بخيرٍ»، واستطرد دون أن ينتظر جوابًا، «والدي يريد صنبور ماءٍ في حديقته، فهل تعرف كيف تمد أنبوبًا يصل بينه وبين خزان الماء على السطوح؟»، أجاب مازن دون تردد أو تفكير: «طبعًا أعرف، ولكنني أشكو الآن من وعكةٍ صحيةٍ، وأحتاج إلى يوم أو يومَين للراحة، وسأكون جاهزًا إن لم يك والدك مستعجلًا»، قال يوسف: «سلمتَ يا مازن، وشفيتَ، والوالد ليس في عجلة، خذْ راحتك. ومتى أصبحتَ جاهزًا، أخبرني لآتي إليك

فأصطحبك، اكتبْ رقم هاتفي عندك».

استعار مازن قلمًا وورقةً من أبي علي، وكتب الرقم، وودع يوسف شاكرًا له منحه فرصة العمل الجديدة. طوى مازن الورقة بعناية ودسها في جيب قميصه، كأنها شهادة خبرة وتقدير واحترامٍ له كشابٍّ يُعتمد عليه، ما جعل خياله ينسج قصةَ حبٍّ بينه وبين ابنة يوسف، التي ستردُّ على اتصاله الأول مصادفة، وسيُسمعها بطريق غير مباشر إعجابه بها، فيقول لها في البدء: «مرحبًا. أنا مازن الذي بنى الجدار عندكم. مَن معي؟»، فتقول: «أهلًا مازن. عرفتُك. أنا فلانة ابنة صاحب البيت، وهو خارج البيت الآن. هل من رسالة أنقلها إليه حين يعود؟»، فيقول مازن: «نعم. أخبريه من فضلكِ بأنني جاهز للعمل في بيت جدك متى أراد». فتقول: «حسنًا». فيقول: «أود أن أشكركِ على لطفكِ عندما قدمتِ إليَّ الغداء في بيتكم الجميل»، فإن تقبلت تلك العبارات، فسيضيف: «بارك الله في لطفكِ وجمالكِ»، فإن تقبلت تلك الجملة أعقبها بثانية: «منذ رأيتُكِ وأنا أفكر بكِ». فإن لم تعترض، سيطلب منها أن تتصل به هي، كيلا تتكرر اتصالاته، فيشك أهلها في علاقتهما.

نسج مازن تلك القصة خلال المسافة القصيرة التي تفصل بين دكان أبي علي وغرفة جدته، وأخذ خياله يرددها مرةً بعد مرةٍ دون إرادةٍ منه، حتى حفظها عن ظهر قلب، وبات ينتظر لحظة

اتصاله، كأنها ستقرر مصيره.

في صباح اليوم التالي، وعند الساعة التاسعة، أدار رقم هاتف بيت يوسف، وهو واقف في دكان أبي علي وأصابعه ترتعش، فأتاه صوت يوسف، فتبدد حلمه، واضطر لتمثيل دور المعلم النشيط، فقال: «أنا في حالةٍ صحية أفضل، فأرجو أن تأتي لتصحبني إلى بيت والدكِ لأرى ما أحتاج إليه من مواد أولًا، فأشتريها وأعود غدًا للعمل».

وافقه يوسف، وقَدِم إليه، واصطحبه إلى بيت والده، فأخذ مازن قياس الأنابيب التي يحتاج إليها، ثم مضى الاثنان إلى السوق، فابتاعا الأنابيب والأكواع والصنبور، ثم أعاده يوسف إلى بيت جدته، على أن يعود إليه صباح الغد عندما يكون جاهزًا كما اقترح مازن، ليعطي لنفْسه فرصة الاتصال مرةً أخرى؛ علَّ ابنة يوسف ترد على مكالمته.

من حسن حظه أن الفتاة ردتْ فعلًا، فارتعشت شفتاه، وتسارعت أنفاسه، ثم بدأ يسأل الأسئلة التي حفظها، وما إن وصل إلى عبارة: «بارك الله في لطفكِ وجمالكِ»، حتى فُوجئ بردٍ صاعقٍ لم يتوقعه: «أنت ولد قليل الأدب، وقليل التربية، ماذا تظنُّ نفْسك؟ أنت مجرد عامل دفع لك والدي أجركَ، وأنا عاملتُك بلطف؛ لأن ذلك واجب عليَّ كما رباني والدي». ثم أغلقت سماعة

هاتفها بعنف.

بعد لحظات رنَّ هاتف أبي علي، وكان مازن لا يزال في مكانه يستند إلى الجدار يتقي به من السقوط مغشيًّا عليه، فرد أبو علي، ثم مدَّ السماعة إلى مازن قائلًا: «السيد يوسف يريدك». أخذ مازن السماعة وهو في حالة تقترب من الإغماء، وقال: «نعم أستاذ يوسف...»، لكن يوسف لم ينتظره ليكمل، فقال بصوت بطيء خشنٍ صارم: «لقد صعقني كلامك لابنتي، أنا مفجوع بك، هل هذا جزاء مَن احترمك ومنحك ثقته بك؟ يا لعارك! هذا آخر كلامي معك، فإذا اتصلتَ مرةً أخرى، فلا تلمني إن جررتك إلى السجن». وأغلق سماعة هاتفه.

جرَّ مازن قدمَيه واحدة إثر أخرى، وهو يستند على جدار الحارة، وقد استبد به شعور قاتل بالدونية، حتى أنه قارن نفْسه بجرار كاد يدهسه، ولم يدخل غرفة جدته، بل اتجه إلى المطبخ مباشرةً، فنزع الخرطوم من جرة الغاز، ووضع نهايته في فمه، وأدار مفتاحها، وانساب الغاز البارد في فمه، وظلَّ يعب منه حتى تعب، فأدار القفل وترك الخرطوم يسقط على الأرض، وتحامل على نفْسه، وارتمى على أرض الغرفة، فلم يسمع صياح جدته واستنجادها بالجيران، ولا عرف أن جسده حلَّ على سرير غرفة الإنعاش، ولا شاهد نفسه وهو يفارق الحياة وسط عويل أمه وإخوته.

لم يشاركْ في الصلاة على جثمان مازن سوى خطيب الجامع وثلاثة من كبار السن المقيمين معظم الوقت في المسجد، وهم مَن ساروا وراء نعشه، وسار خلفهم جدته وأمه وإخوته إلى مثواه الأخير.

الطبيب الذي داس أطفاله

أبدو رجلًا متماسكًا قويًّا، وأنا أعذركم لأنني لا أبكي، وصوتي مسترسل واضح لا يتقطع، ولا أرتدي بذلة سوداء، بل هي بيضاء بلون قلوب زوجتي وأطفالي الثلاثة وخادمتنا السرلانكية. أعقد حول ياقة قميصي، التي هي بلون أعينهم الزرقاء، ربطة عنق حمراء داكنة، بلون دمائهم. أحيانًا يتجاوز الألم حدود البكاء والصراخ والذهول والإغماء والجلطة المميتة، إلى أفق آخر بلا حدود، لا يمكنني فهمه لأشرحه لكم.

كل ما في الأمر أنني قررتُ أن أحكي لكم قصتي..

أنا الأب والطبيب الذي صعد إلى بيته على أجساد أطفاله الثلاثة، وحبيبتي أمهم، ومربية أطفالنا الطيبة ماريلا. ولكم أن تفسروا لي بعد ذلك سرَّ تماسكي وهدوئي، كأن ما فعلتُهُ بهم لم يحرك ضميري ويهزَّ وجداني.

أما بداية القصة؛ فلا علاقة لها بسيرتي مع أمي وأبي وبقية أهلي، وإنما فقط بسيرة الحب الممتدة من طفولتي وحتى وفاة حبيبتي، وسيرتي الدراسية والعملية، إلى أن حلت الكارثة.

في عام 1982 كنتُ طالبًا جامعيًا في بروكسل عاصمة بلجيكا، أتخصَّص في دراسة أمراض الرمد وجراحة العين. وكنتُ شغوفًا ومجتهدًا فيها، وهو ما أهَّلني للحصول على شهادة الدكتوراه بدرجة امتياز مع مرتبة الشرف، والتي أهَّلتني بدورها للفوز بوظيفة نائب مدير قسم طب الرمد في أحد مشافي دولة قطر، إضافةً لممارسة اختصاصي في علاج المرضى وإجراء العمليات الجراحية الدقيقة. كان راتبي الشهري مُجزيًا جدًّا، فسارت بِيَ الأيام محفوفةً بالفرح والسعادة. وفي أول إجازةٍ صيفية عدتُ إلى دمشق مسقط رأسي، ومرابع طفولتي التي جمعتني بحبيبتي بسمة.

❋❋❋

قصة حبي لبسمة بدأتْ وأنا في سنِّ الثامنة، حين تلاقت نظراتنا، وابتسمت أعيننا، ونحن نسير كل صباح على طريق مدرستَينا المتجاورتَين. أمَّا دار أهلها؛ فتفصلها عن دار أهلي بضعة أمتار في الحارة الضيقة القديمة التي شهدتْ ميلادي.

واستمرت تلك الحالة على ذلك التواصل الصامت طيلة

سنوات الدراسة الابتدائية.

في المرحلة الإعدادية تباعدت مدارسنا، وأصبحتْ كل منها في حيٍّ آخر، وفي اتجاهَين متعاكسَين. وحين أدركتُ ذلك بعد أيام من بداية العام الدراسي بسبب غيابها عن الطريق، خرجتُ مبكرًا إلى الحارة، ووقفتُ أمام باب دارنا أحدِّق في باب دارها، وإذا بها تخرج، وتتوجه نحو اليسار، فهُرعتُ نحوها، وتجاوزتُها ببضعة أمتار، ثم وقفتُ أمامها لاهثًا: «مرحبًا بسمة، ما اسم مدرستكِ؟»، غالبها الحياء والخوف من رؤية إحدى زميلاتها في ذلك الموقف؛ خشيةَ أن تصبح مُضغةً في أفواه زميلاتها، وأجابت: «ماذا؟ هل ستنتظرني أمامها مثل الأولاد المشاكسين؟»، قلتُ فورًا: «أعوذ بالله! أنا لا أفعل ذلك، أنا فقط أحب أن أعرف مساركِ؛ لأراكِ كأيام المدرسة الابتدائية».

كانت تسير دون أن تنظر إليَّ، وأنا أسير قبالتها دونُ أنظر إليها، قالت: «اسم مدرستي الخنساء، وأنت؟»، قلتُ: «حسن الخرَّاط»، ثم قلتُ: «مدرستي أقرب إلى الحارة، وسأنتظركِ هنا وأراكِ من دون أن يفطن أحد لنا، وفي الصباح سأسبقكِ إلى هنا وأراكِ، هل هذا يزعجكِ؟»، ابتسمت بسمة ونظرت إلى عينيَّ مباشرةً، وضمَّت محفظتها إلى صدرها، وحثَّت خُطاها باتجاه زميلة لوَّحت لها، مُخلِّفةً قلبي ينبض بشدة.

لأول مرةٍ في حياتي دبَّجتُ رسالةً على ورقةٍ اقتطعتُها من دفتر الإملاء، عبرتُ فيها عن مشاعري نحوها بكلمات صادقة لم أنقلها من كتاب (رسائل العُشَّاق) كما يفعل صديقي أسامة، الذي كان ضعيفًا في مادة التعبير، فيما كنتُ أنا الأبرز بين زملائي، وكان أستاذي شاعرًا معروفًا، اسمه محمد الحريري، يتوقع لي أن أصبح قاصًّا مهمًّا في المستقبل.

في صباح اليوم التالي، طويتُ الورقة حتى غدتْ بحجم إصبع، ومددتُ كفي بها إلى يد بسمة، فأخذتْها وأخفتْها في جيب بنطالها على عجل، وهي تنظر في كل الاتجاهات وترتجف؛ خوفًا من أن يراها أحد.

ردَّت بسمة برسالة حملت عبارات بسيطة، شكرتني فيها على إطرائي إياها، ولم تزدْ على ذلك أي كلمةٍ تُوحي بحبها وشوقها إليَّ كما فعلتُ أنا، لكن الفرح غمرني مع ذلك؛ فقد أسعدني مجرد قبولها رسالتي، وعزوتُ تحفظها إلى خجلها.

استمر تبادل الرسائل بيننا ست سنوات، لم نتمكن خلالها من التلاقي في أي مكان، ولم يطلع على سرنا سوى صديقي أسامة، وصديقتها بُشرى. نلنا معًا شهادة الدراسة الثانوية، فالتحقتُ أنا بكلية الطب، بينما دخلتْ بسمة كلية الهندسة قسم العمارة، وقد التقينا في حديقة الجامعة أول مرة بعد تقديمنا طلبَي التسجيل.

كان اللقاء مفعمًا بمشاعر الحبّ الجيّاشة، والشوق المستعرِ، فتلعثمت الكلمات على شفاهنا، فاستعضنا عنها بنظرات الوله والحنين والرغبة في العناق. وعلى المقعد الخشبي الطويل الأخضر جلسنا متباعدَين قليلًا؛ تحسُّبًا لمرور عابر يعرفنا، فيشي بنا إلى أهلينا؛ ففي بلادنا يتطوع كثيرٌ من الناس لنقل أخبار العُشَّاق إلى ذويهم، فتحلُّ على أثر ذلك كارثة في بيت العاشقة إن كان أبواها من العائلات التقليدية المحافظة كعائلة بسمة، وما أكثرها في دمشق! وفي بيت العاشق يتعرض لتأنيب وتهديد بالطرد من قِبَل أبيه إن كرر فعلتَه. لذلك يحرص العاشقان على النظر إلى الأمام، وعدم الالتفات إلى بعضهما، وإدارة أعينهما في محاجرها للتأكد من أن أحدًا لا يُراقبهما قبل أن يحرِّكا شفاههما بالكلام.

قالت وهي تتلفت نحوي ناسيةً الخوف من المتطفلين: «رسائلك ساحرة، من أين تأتي بتلك العبارات البديعة؟ أخشى أنك تنقلها من الكتب!». التفتُّ نحوها ونظرتُ في عينَيها السوداوَين الواسعتَين، وشممتُ رائحة عطرها الأخَّاذ، وقلتُ وقد زادت نبضات قلبي: «بل قلبي هو مَن أملى عليَّ كل كلمة، صادقًا غير مبالِغ؛ فعلاقتي مع الكتابة بدأت مذُ كنتُ تلميذًا في التاسعة، حتى أنَّ أستاذ اللغة العربية في مدرسة أحمد مريود، في حي مأذنة الشحم بدمشق، تنبأ لي بمستقبل زاهر في عالم الإبداع

القصصي، وعزا ذلك إلى موهبتي في نقل الواقع إلى الورق بطريقة جذابة».

أذكت إجابتي على سؤالها مشاعر الحب، فزاد اتقادًا، لكن عامل الخوف من وشاية الناس ووصول خبر لقائِنا نشرا في نفْسها الرعب؛ إذ إنَّ ذلك لو حدث، فقد يؤدي إلى إجبارها على ترك الجامعة والتزام البيت؛ كيلا يُضيِّع سلوكُها فرصتَها في الزواج إلى الأبد؛ ففي بلادنا المحكومة غالبًا بنظرةٍ دونيةٍ لمشاعر الحب، لن نجد مَن يتعاطف مع جلستهنا العاطفية تلك، ويعلي من طريقتنا الحرة في مزيد من التقارب والتعارف ورسم خطةٍ منطقية لمستقبلنا معًا، إلا مَن ندر من العقلاء.

وفي تلك البيئة المريضة بآفة التفكير النمطي المتوارث، تتم الزيجات بالطريقة نفْسها التي تمت بها قبل عقود طويلة من الزمن، وعلى الرغم من فشل معظمها، يُعاد تكرارها، كأن الأبوَين، اللذَين لم يعرفا طعم السعادة في علاقتهما المصطنعة الخالية من مشاعر الحب والعلاقة الشفافة المخلصة، يريدان لأبنائهما المصير نفْسه، وكأنهما تخليا عن الحقيقة لصالح الكذب، وداسا على الواقع لصالح الماضي.

قلتُ: «لا تخافي من أحد؛ فنحن لا نسرق، ولا نؤذي أحدًا، ولن أتخلى عنكِ على أي حال». أجابت: «أعرف ذلك، وأنا مثلك،

ولكن دعنا نتفادَ الآن غضب أهلي، وسأمهد لمصارحتهم شيئًا فشيئًا؛ كيلا أخسر دراستي الجامعية، ونخوض معركتنا قبل أن نستعد لها».

✳✳✳

حكيتُ: «أنا أنتمي لعائلةٍ امتهن معظم أفرادها الطب، سوى قليل خرج عن عرفها ولبَّى نداء موهبته، مثل أختي سمر التي انتسبت إلى كلية الفنون الجميلة، وغدت رسامةً معروفة تقيم معارضها الخاصة في المراكز الثقافية، وارتفعتْ مع مرور الوقت أثمان لوحاتها، وراج اسمها في الوسطَين الفني والثقافي. أما ابن عمي بسام؛ فقد اتجه إلى علم الكمبيوتر الناشئ في الثمانينيات، بعد حصوله على إجازة جامعية في الهندسة الإلكترونية، وأصبح الآن من أشهر المدرسين الخاصين، وأعلاهم أجرًا في تعليم الناس ماهية الكمبيوتر، وطريقة استخدامه وبرمجته. أما أنا؛ فقد تأثرتُ بوالدي طبيب الرمد الشهير، وكنتُ معجبًا بقدرته على إنقاذ المرضى من فقدان أبصارهم كأنه ساحر، فتحول ذلك الإعجاب إلى رغبة وطموح في أن أصبح مثله، وقد كان واضحًا لأساتذتي شغفي وفضولي واجتهادي».

كانت بسمة شغوفةً هي أيضًا بهندسة العمارة التي توافق ميلها إلى الرسم والتخطيط، وحماسها لخلق نماذج مبتكرة لأشكال

83

الأبنية الخارجية وفي داخلها أيضًا. وقد فطنَّا، مع تكرار لقاءاتنا في كافتيريا الجامعة وحديقتها، إلى تشابهنا في نظرتنا إلى الدِّين والعادات وحرية المرأة، والعلاقات الزوجية، وكم كانت دهشتُنا عندما اكتشفنا أننا قرأنا الروايات التي يتداولها الشباب والشابات المتنورون لفيكتور هوجو ومكسيم غوركي وإرنست همنغواي وألبرتو مورافيا وديستويفسكي ونجيب محفوظ وحنا مينة وسواهم من العرب والأجانب، وذلك ما أثرى أحاديثنا وحواراتنا، وجعلنا نثق أكثر فأكثر بمستقبلنا معًا؛ فقد اعتقدنا أن التوافق الفكري حول الأمور الجوهرية في الحياة الزوجية هو الأساس المتين لنجاحها، وأكسيرها للسعادة.

لم نجدْ مناصًا أمامنا في السنة الجامعية الثانية سوى الإفصاح لأهلنا عن نيتنا في الارتباط؛ كيلا نظلَّ أسيرَي الخوف من الوشاة، فاتفقنا على التحدث كلُّ مع أهله في التوقيت نفسه.

رجال عائلة بسمة من تجار سوق الحميدية الشهير بسقفه العالي المنحني الذي يقي آلافًا من روَّاده مطر الشتاء وحر الصيف، ولكلِّ من والدها وأعمامها حانوته الكبير الخاص، يبيعون الأقمشة والأثواب الدمشقية المشغولة يدويًّا من خيوط الحرير، واللآلات الموسيقية الشرقية والطاولات الصغيرة والكراسي المصنوعة من خشب الورد والجوز والمعشقة بالصدف البحري، وما

إلى ذلك، ما يجذب السياح الأجانب. وتدر تلك التجارة عليهم أرباحًا مجزيةً، أهَّلتهم لامتلاك دورٍ عربية تشبه القصور، ولعلَّها أيضًا كانت سببًا في تفتح عقولهم على ثقافات العالم والتحدث بعدد من اللغات مثل الإنجليزية والفرنسية والتركية والفارسية والإيطالية؛ بحكم احتكاكهم بسياح من تلك البلدان. ولذلك أيضًا كان والد بسمة وإخوتها على استعداد لسماع حكاية بسمة معي في إطار رغبتنا في الارتباط، وهذا ما حدث أيضًا في داري، وفي الدارَين ساد الرأي ذاته بأن تتعارف العائلتان، ومن ثَم إعلان خطبتنا، وتأجيل الزواج إلى بعد تخرجنا من الجامعة.

لم يمانع أهل بسمة عقد لقاءات بيننا في الأماكن العامة بعد حفل الخِطبة الكبير الذي جمع أهلنا وأقرباءنا وأصدقاء العائلتَين، وانتشر الخبر في الحارة وبين الطلبة في كليتَي الطب والهندسة، ما أتاح لنا التنقل بحرية في شوارع المدينة وأزقتها القديمة التي تزخر بالدور العريقة التي تحولت إلى مطاعم، وملتقيات الثقافة والفنون، ما عمَّق أواصر المحبة والتفاهم، وزاد تفاصيل الذكريات التي خلدت في وجدانَينا.

تقدمنا أنا وبسمة بطلبَين منفصلَين لجامعة بروكسل في بلجيكا، وحصلنا على الموافقة. وأصبح الطريق مُعبَّدًا أمامنا لعقد قراننا قبل السفر، وتم الزفاف في جوٍّ بهيج بقاعة أفراح (مطعم

النبلاء) الشهير، حضره قرابة مئة وخمسين شخصًا. ومع مطلع شهر أيلول سافرنا معًا إلى بلجيكا، وأقمنا في شقةٍ مؤثثة قريبًا من مبنى الجامعة، وانتظمنا في الدراسة خمس سنوات، حصلتُ بعدَها على درجة الدكتوراه في طب الرمد وجراحتها، وحصلتُ بسمة على درجة الدكتوراه في هندسة العمارة، وكانت تنتظرنا فرصتا عمل ممتازتان في شركتَين كبيرتَين ببروكسل، فانخرطنا في العمل بعد شهر واحد فقط.

خلال فترة الدراسة أنجبنا طفلًا أسميناه (سمير)، وقد غدا بعد تخرجنا في سن الثالثة. بدت الحياة في بلجيكا لنا رغدة مريحة، لكن طبيعة الطقس البارد جدًّا واختلاف الثقافة والعادات زاد الحنين للأهل والرفاق وللمدينة التي شهدت ميلادنا. ووجدنا نفسَينا بعد سنتَين نخطط للعودة إلى دمشق، لكنَّني قرأتُ عرضًا مغريًا على الإنترنت مصدره وزارة الصحة في دولة قطر، تطلب فيه أطباء عربًا من المتخصصين في الدول الغربية في مجالات متعددة منها طب الرمد وجراحتها، ما دفعني للتقدم إلى الوظيفة، بعدما تحاورتُ مع بسمة في الأمر، ووجدنا أن ذلك العرض سيوفر لنا المال اللازم لشراء عيادة في دمشق وتجهيزها بأحدث الأجهزة الطبية، وكذلك إنشاء شركة هندسية تديرها بسمة.

هكذا رحلنا مع طفلنا سمير إلى الدوحة عاصمة قطر بعد إبرام

عقد الوظيفة. كان السكن في الدوحة مكفولًا من المشفى الذي أعمل به، وهو فيلا واسعة تطل على البحر، وكانت وظيفتي نائب رئيس قسم طب الرمد، إضافةً لعملي طبيبًا معالجًا وجراحًا.

خلال فترة وجيزة حصلتْ بسمة على فرصة عمل جيدة في شركة استثمارية بريطانية للإنشاءات العمرانية. أما الطفل سمير؛ فقد وضعناه في حضانة للأطفال ترعاه في أثناء فترة غيابنا عن المنزل، كما انضمت إلى الأسرة فتاة فيلبينية تجيد اللغة الإنجليزية، تقوم على تنظيف المنزل والمساعدة في تحضير الطعام وما إلى ذلك من خدمات.

مجتمع الدوحة خليط من عشرات الجنسيات الآسيوية خصوصًا والأوربية والعربية عمومًا. أما أصحاب البلد من القطريِّين؛ فهم أقلية نسبيًّا، وهم مَن يديرون المؤسسات الحكومية ومعظم الشركات الخاصة. ووجدنا فيهم رقة في المعاملة، وكرمًا في تقدير جهودنا. كان دخلُنا كبيرًا جدًّا قياسًا لما كنا نتقاضاه في بلجيكا، ما أتاح لنا توفير مبلغٍ ضخمٍ خلال السنوات التسع التي أمضيناها في قطر، وقد أنجبنا في تلك الفترة طفلتَين أسميناهما (رغد) و(سُليمى). وقد بنينا صداقات عائلية وطيدة مع السوريين وبعض العرب، وكانت هناك لقاءات أسبوعية تتم في منازلنا بالتناوب، نسمر فيها ونروي ذكرياتنا عن سوريا وأهلها

ومدنها وحاراتها، ما أشاع بيننا الألفة والأُخوة التي استمرت بعد رحيل أُسرتنا إلى دمشق. استعر الشوق إلى ربوع دمشق وأهلها يومًا بعد يوم في صدري وصدر بسمة، وكان علينا أن ننتصر لعواطفنا المتأججة على حساب المال الغزير الذي نحصده كل شهر.

✷✷✷

قلتُ لبسمة: «كنتُ قبل سنتَين هنا في هذا المكان أسيرُ مع أخي الأكبر، أستعجله للوصول إلى بيتي الذي عهدتُ إليه بشرائه في أثناء غيابي، كان البناء واحدًا من ثلاثة أبراجٍ هي الأعلى في دمشق، واسمها (البنيات الأربعة عشرة)».

شقتنا في الدور التاسع، وهي في الأصل شقتان فتحهما أخي على بعضهما بطلب مني، ليصبح منزلي مكونًا من أربع غرفٍ وصالتَين واسعتَين، ولك أن تتخيل أثاثهما الذي صُنع بأيدي أمهر الحرفيِّين الدمشقيين التقليديين الذين ورثوا خبرة آبائهم وأجدادهم في تشكيل الخشب وتعشيقه بالصدف وخيوط الذهب، وإكساء مقاعده بقماش الدامسكو العريق.

نعشق أنا وبسمة التراث وفنونه، ولذلك لم نُبالِ بالثمن الباهظ لتلك الأشياء. وكذلك أثثتُ غرفة الانتظار في عيادتي القريبة من هنا بالطريقة نفسها، واستقدمتُ إليها أحدث المعدات والأجهزة

الطبية من بلجيكا، فصارتْ أهم مركزٍ لطب الرمد في سوريا، وغدا على المريض انتظار فترة طويلة للحصول على موعد لتشخيص حال عينَيه ومعالجتهما. وكان عملي مرهقًا، لكنه ممتع لمشاعري وأنا ألتقي كل نصف ساعة واحدًا من أبناء بلدي، فأضع خبرتي وأفعل أقصى ما أستطيعه لإنقاذ عينَيه، مقدِّمًا خدماتي مجانًا للفقراء. وكم تسعدني رؤية الفنانين والإعلاميين والكُتَّاب في عيادتي، فأتحدث إليهم عن أعمالهم التي أتابعها في الغربة، ونضحك معًا في طقسٍ من الود والألفة التي تشيع في روحي النشوة.

إن مَن يرانا الآن لن يعرف أبدًا الحزن الذي يمزقني، إن الحزن العظيم يا صديقي أشبه بِبركان يذيب الصخور داخل الجبل الذي تزينه الأشجار، دون أن يفطن الناس إلى ذلك الجحيم المستعر داخله، والذي قد ينفجر في أي لحظة دون مقدمات، وكم حزنتُ في حياتي الماضية وسالت دموعي على وجع أشخاصٍ لا أعرفهم، لكن حزني الآن فوق قدرتي على احتماله، كأنه صوت أعلى من قدرة الأذن على سماعه، أشعر أنني خرجتُ من نفْسي، وصرتُ شخصًا آخر لا يريد الاعتراف بأن تلك الكارثة المروعة تخصه، بل يرفض تصديق ما حدث.

✳✳✳

دعني أروِ لك قصة الفاجعة..

كان ذلك المساء من أحلى الأوقات التي ضحكتُ فيها من أعماق قلبي، فقد زارني الفنان دريد لحام، وهو الفنان الذي عشقتُهُ في طفولتي في مسلسلاته الكوميدية مع الفنان نهاد قلعي، وكم أثار ضحك عائلتي، بل وعائلات السوريين والعرب بدور شخصية غوار الشاب القصير النحيل القصير المحتال الذي لا يكف عن تدبير المقالب للفنان نهاد قلعي الذي يقوم بدور حسني البورظان الرجل الساذج السمين. وفي غربتي الطويلة تابعتُ مسلسلاته وأفلامه ومسرحياته من خلال الأشرطة التي يرسلها إليَّ أهلي.

وبالتأكيد حلمتُ، ككل الناس، بلقائه شخصيًا ولو صدفةً في شارعٍ أو مطعمٍ أو مقهى، وكان أقصى ما يمكن أن أحلم به هو زيارته لي في عيادتي. وحين أخبرتني الممرضة بوصوله إلى صالة الانتظار، خرجتُ إليه وعانقتُهُ بحرارة، واصطحبتُهُ إلى غرفة مكتبي، وقضيتُ برفقته ساعةً من حديث الذكريات والغربة وحب البلد وأهلها، وما تذكرتُ من مشاهد مضحكة في أعماله الفنية، وضحكنا كثيرًا، وشعرتُ بالفخر والفرح؛ لأنني حظيتُ بهذا اللقاء المفصلي في حياتي، وعدتُ بعدها بسيارتي مستعجلًا لأروي لزوجتي وأبنائي تفاصيل ذلك اللقاء.

على بعد مئتَي متر تقريبًا من بيتي، رأيتُ نارًا تتصاعد في السماء ودخانًا كثيفًا يغطي المكان المحيط بمنطقة منزلي. ساورني

قلق شديد، ودعوتُ الله أن يكون الحريق بعيدًا من البرج الذي أسكن فيه، لكنني كنتُ أراه كلما اقتربتُ قريبًا منه، إلى أن وقفتُ أمام حاجز للشرطة، أوقفني شرطي، وطلب مني أن أركن سيارتي إلى جانب الرصيف والترجل إذا أردتُ المتابعة، فسألتُه عن مكان الحريق، فأجاب: «إنه في البرج الأول»، أي برج سكني.

في تلك اللحظة فقدتُ قدرتي عن النطق، بل أحسستُ أنني فقدتُ عقلي، وهمتُ على وجهي أركض وأصرخ كالمجنون: «بسمة.. أولادي»، حتى وصلتُ إلى مدخل البرج. كانت سيارات الإطفاء متوقفة هناك، ورجال الإطفاء يضخون الماء الغزير على كتلة اللهب المستعرة أسفل البرج، وسيارات الإسعاف تنقل المصابين، فلم ألمح بينهم زوجتي وأبنائي، فعدوتُ على الدرج الغارق في الظلام الدامس والدخان، وكانت المرة الأولى التي أصعد فيها على قدميَّ من دون المصعد إلى الدور التاسع، أمسكتُ الدرابزين كي لا أسقط، صعدتُ كأعمى يتحسس طريقه، وكان الدخان الذي أستنشقه مُرغَمًا يضيق به صدري ويضعف قوتي على الاستمرار في الصعود، لكن خوفي على أحبائي وذوي روحي منحني القوة والصبر، وعلى درجات سلم الدور السابع أحسستُ أنني أدوس على أجساد طريةٍ فزاد هلعي، وصرختُ بأعلى صوتي: «بسمة، اصبري؛ أنا قريب منك في الدور السابع»، وصعدتُ إلى الدور

الثامن، ثم التاسع.

كان باب منزلي مفتوحًا، فدخلتُ إلى الصالة وأنا أنادي، ثم دلفتُ إلى كل الغرف، وتلمستُ الأرض والجدران، فلم أعثر على أحد، ولم يجبْ ندائي أحد. هبطتُ إلى الأرض وأنا أكاد أختنق، ورجوتُ أحد رجال الإطفاء أن يعيرني مصباحه اليدوي، فأخذتُه وعدتُ به، وصعدتُ مرةً أُخرى، وفي الدور السابع رأيتُ الفاجعة الرهيبة؛ فالأجساد التي دُستُها هي زوجتي وأطفالي ومربيتهم ماريلا.

❋❋❋

كان عدنان واجمًا لا يبكي، وينظر إلى دموعي بشفقة، كأنني المفجوع، لا هو. قال: «هل تسمح لي بتوجيه رسالةٍ إلى الحكومة والناس؟»، قلتُ بصوت أجش: «طبعًا. تفضل». قال الأب المفجوع: «لقد ذهبتُ بعد الحادث إلى مبنى المحافظة، وهي المسؤولة عن مراقبة سلامة الأبنية وأمنها، وقرأتُ نصوص القوانين التي تلزم أصحاب المباني بإجراءات الأمان، ومنها فصل حرَّاقات الوقود عن خزانات الوقود، وفصل لوحات التغذية الكهربائية عن بعضها بحواجز خرسانية، وتركيب أجهزة إنذار للحريق، وأخرى لأي مس كهربائي. وعدتُ إلى الإنترنت، واطلعتُ على القوانين المشابهة في سويسرا، فوجدتُها متطابقَين تمامًا، وأدركتُ أن الفرق يكمن في

92

التطبيق العملي والرقابة الدائمة لتنفيذ تلك القوانين، ومحاسبة المقصرين وإنزال العقاب بهم. وهذا ما لا يحدث في بلدنا، ولقد قررتُ أن أتابع بنفْسي منذ اليوم وإلى النهاية ملاحقة المقصرين والفاسدين؛ كي لا يتعرض أحد بعدي لصدمة عنيفة تقضي على سعادته إلى الأبد، كما حدث لي».

مقيّدتان على سطح الخان

لستُ أدري لماذا لم يخطرْ لعقلي، منذ وعيتُ على دنيا دمشق عاصمة سوريا الأقدم بين عواصم العالم، أن لخاناتها سطوحًا مثل الفنادق المعاصرة، فالخانات هي الفنادق القديمة، وكان لها الوظيفة ذاتها في أيامنا، وبعض الخانات لا تزال تحمل أسماءها القديمة الأصلية مثل (خان الحرير) و(خان الدرويشية) و(خان الخياطين)، وقد عجزتُ عن تذكر اسم لذلك الخان الذي شهد سطحه قصة الأختَين المقيَّدتَين كريمة ونادية.

حين قرأتُ الرسالة التي وُقِّعتْ باسم (فاعل خير)، حثثتُ خطايَ إلى العنوان المدوَّن في الرسالة، وحرصتُ على التخفِّي بثوب وعباءة كان يرتديهما أبي قبل انتقالنا من ضيعتنا (دير عطية) إلى دمشق، واعتمرتُ كوفيته البيضاء وعقاله الأسود كما يليق بفلاح مُنعَّم. خلفتُ (ساحة الدوامنة) حيث أسكن، ثم (حي الجورة)، إلى أن وصلتُ إلى (ساحة كنيسة المريمية)، فانعطفتُ يمينًا،

وسرتُ في (شارع مدحت باشا) الممتد حتى (ساحة باب الجابية)، متخطيًا العشرات من حوانيت البقالة والحلويات والنجارة والمثلجات والمخللات التي تتصدر أحياء (الأمين) و(مئذنة الشحم) و(الشاغور)، ثم اجتزتُ تقاطع (سوق البزورية) مع (سوق الدقَّاقين) اللذَين تعبق منهما روائح العطور والبهارات، إلى أن وصلتُ إلى غايتي في الثلث الأخير من ذلك الشارع الطويل، وهناك انعطفتُ يمينًا في سوق ضيقةٍ، نهضتْ على جانبَيها دكاكين صغيرة مكتظة بالأثواب النسائية الملونة التراثية التي عُلِّق بعضها أمام واجهاتها، وبعد مسافة عشرين مترًا ظهر إلى يميني مدخل الخان المقصود ببواته الخشبية الضخمة ذات المصراعَين العريضَين المرتفعَين المفتوحَين عن آخرهما، وقد ارتقى فوقهما قوس من الأحجار السوداء. أتاحت تلك البوابة للجِمال عبورها بسهولة في العهود القديمة كعهد المماليك والعثمانيين.

وحين ولجتُها، طالعني ما يُشبه سوقًا دائريةً مغلقةً، تحتوي على مخازن تجارية لبيع البضائع بالجملة، كما بدا لي من الصناديق الخشبية ذات الأحجام الكبيرة التي اصطفت بداخلها وأمامها.

صعدتُ الدرج الحجري الضيق كما أشار لي فاعل الخير؛ لأُطل على الطابق الثاني الذي يشكل كالطابق الأرضي دائرةً تحفها عشرات الأبواب لغرف كانت في سالف العصر نزلًا لزوار دمشق

من التجار العابرين على (طريق الحرير)، وتحولت اليوم إلى مكاتب للتجار. تابعتُ الصعود إلى أن واجهني باب السطح الحديدي المغلق، وقد تدلَّى من جانبه الأيمن قفل حديدي صغير، ولم يكنْ في الباب ثقب أستطيع رؤية السطح من خلاله، لكن قامتي الطويلة سمحتْ لي برؤيته عبر شقٍّ طولي في أعلاه، فرأيتُ على مساحته الشاسعة صناديق خضراوات تداعت جوانبها بفعل المطر والشمس، وبعضها الآخر حديث العهد ما يزال يحتوي بقايا من حبات البندورة المتآكلة الأطراف وبعض الخيار والكوسا، التي بدت لي من الفضلات التي يستحيل بيعها في السوق، ورأيتُ قشور البطيخ الأخضر منثورة بين الصناديق، كما رأيتُ الغرفة الطينية الموصدة بقفل أصفر كبير، وأدركتُ أن الفتاتَين تقبعان داخلها.

قفلتُ راجعًا إلى بيتي، فوصلتُه بعد خمس عشرة دقيقة. هذه الزيارة الاستكشافية تقليد أقوم به كل أسبوع تقدمةً لأتأكَّد من صحة المعلومات التي تردني من عوالم خفية عبر رسائل من أشخاصٍ لا أعرفهم، وإن كنتُ لا أشك بنيَّاتهم الصادقة، وكي أكون أيضًا على بينةٍ من الطريق الذي سأسلكه برفقة فريق التصوير والإنتاج؛ لنصل سريعًا وبشكل مباغت إلى المكان المقصود، وتسجيل تفاصيل ما سيحدث مباشرةً ومن دون أي

معوقات، ومن ثم تشذيبه بالمونتاج، وصياغة مقدمة وخاتمة مناسبتَين له، قبل عرضه على شاشة التلفاز مساء كل أربعاء في الساعة السادسة والنصف، تحت مسمى (برنامج السالب والموجب) الذي ينتظره السوريون بشغف بالغ.

ونظرًا لتعدد المصورين الذين يرافقونني، لم تسعفني ذاكرتي باستحضار اسم الزميل الذي رافقني في تلك الحلقة، ولستُ قادرًا على التواصل معهم لسؤالهم؛ لأنني أكتب هذه القصة من مهجري في أمريكا، بسبب الأوضاع الأمنية في سوريا.

وصلتُ مع فريقي إلى بوابة الخان في التاسعة صباح اليوم التالي، وهبطنا سريعًا كما تفعل عناصر الشرطة حين يداهمون مكانًا خطرًا، وبمجرد رؤية العابرين والباعة والمشترين إيايَ تحلقوا حولنا، وحيوني بأصوات مرتفعة، وحاولوا مصافحتي، وفي خضم ذلك انتبهتُ إلى رجل مسنٍّ يعتمر طربوشًا عثمانيًا أحمر، يجلس بمهابةٍ أمام البوابة، وقد نهض سريعًا، واختفى في زحمة السوق، وقد علمتُ فيما بعد أنه والد البنتَين المقيدتَين، وأنه التاجر الأكبر والأغنى بين أصحاب الخان.

صعدنا الدرج، أنا في المقدمة وخلفي المصوِّر يُسجِّل الحدث بالصوت والصورة، فيما يرفع مساعده فوقه مصباح الإضاءة الساطع كالشمس، وسار خلفهما مدير الإنتاج ومساعده وخبير

الأقفال الذي استقدمه من (حانوت الزيبق) الشهير بفتح الأقفال.

اجتهد مساعد الإنتاج، وهو شاب قوي البنية، في منع الجمهور، الذي لحق بنا، من تخطِّي المصور. عند وصولنا إلى باب السطح، أفسحنا المجال لفاتح الأقفال، فاختار فورًا مفتاحًا مناسبًا من صندوقه، ودسه في قارورة تحوي سائلًا أبيض، وأدخله في ثقب القفل، وأداره في الاتجاهَين، ثم أخرجه وعالجه بالمبرد، وعاد فأدخاله وأداره إلى اليمين، ففُتح القفل، ثم دفع الباب، فانفرج عن السطح.

أمَّا أنا ومَن معي؛ فقد روعتنا مفاجأة مذهلة. كانت الفتاتان النحيلاتان بثوبَيهما المهترئَين تخطوان بعجزٍ بين صناديق الخضراوات المتعفنة؛ بحثًا عن جزءٍ سليم من حبة بندورة أو خيارة أو تفاحة لم يطلها العفن، وإحداهما في تلك اللحظة تلتهم بعض خيارة، ولاحت لنا سلسلتان حديديتان مربوطتان حول كاحلَيهما، تمتدان مسافة سبعة أمتار تقريبًا، وتختفي نهايتهما داخل الغرفة الطينية، فتابع المصوَّر رصدهما حتى وصل إلى مكان تثبيتهما حول عمودٍ خشبي أسطواني ثخين يصل أرض الغرفة بسقفها. زكمت الأنوفَ رائحة الفواكه والخضراوات التي مرت عليها أيام طويلة.

للأسف أجد الآن صعوبةً في رسم شكل الفتاتَين وملامحهما بالكلمات، وأعلم أنَّ وصفي إياهما لن يكون دقيقًا كما رصدته كاميرا البرنامج، فقد كنتُ حيال مشهدٍ ينتمي لعصر السبايا المنبوذات

حتى من سوق الرقيق، كانتا أشبه بمستحاثَين تتحركان ببطءٍ، وأشبه بهيكلَين عظميَّين مكللَين بغشاء شفيف لا تزال فيه بعض حياة، فأعينهما غائرةً في محاجرها، وأذرعها الهزيلة تجوس في الصناديق بقوة غريزة الجوع الفطرية، وتطفو على وجنتَيهما وما ظهر من جسمَيهما دمامل مكورة وبثور تغطي جلدَيهما كله، أما رائحتهما فمنفرة إلى الحد الذي لم أستطع احتماله، ويُمكنني بشيء من المبالغة تشبيهها برائحة الجثث.

مع ذلك، اقتربتُ منهما وسألتُهما عن سبب وجودهما في هذا المكان؟ ومَن الذي قيدهما؟ فجاء صوت الكبرى أضعف من سمعي، فطلبتُ منها رفعه قدر ما تستطيع، فأجابت: «أبي هو مَن قيَّدنا؛ لأنه يخاف على سمعته»، أما جوابها عن سؤالي: «ألم تلتقيا أحدًا بعد تقييدكما» فكان: «لا.. أبدًا». سألتُ: «هل هو ذلك الرجل الذي يجلس أمام بوابة الخان ويعتمر طربوشًا أحمر؟»، هزت الفتاتان رأسَيهما إيجابًا. «وهل لكما إخوة؟»، قالت الصغرى: «لنا أخ أصغر منا، لكننا لم نرَه مذ قيَّدنا والدُنا، واسمه أمير».

كانت الأخت الكبرى كريمة أكثر تفاعلًا مع أسئلتي، بينما نادية الأصغر والأقصر تسيرِ خلفها مكتفيةً بالتحديق في وجهي، كأنني ملاك مخلِّص هبط من السماء، وكانت الاثنتان تتسربلان بثوبَين مهترئَين تمزق عنهما القماش في مواضع حساسة

من جلدَيهما الموشيَين بالبثور والبقع الزرقاء والحمراء الداكنة. ولا تختلف مشيتهما كثيرًا عن مشية شاتين مجزوزتَي الصوف مقرحتَي الجلد، وتعانيان من النحول والضعف، ولا تقويان على الخطو إلا ببطء شديد.

طلبتُ من عامل المفاتيح أن يفك قيدهما، فأنجز الأمر سريعًا. ثم رحتُ أسأل بعض أفراد الجمهور الذي اكتظ على السطح وقد أذهله المشهد المروع، فاخترتُ رجلًا في حوالي الستين من عمره، يحوقل طوال الوقت، قلتُ له: «هل أنت من تجار الخان؟»، أجاب: «لا. أنا بائع جوال للفول النابت، لديَّ عربة بعجلات، وأقف إلى جانب الخان منذ عشر سنوات، ولم أعلم بهذه القصة الرهيبة سوى الآن، لعن الله ذلك المجرم الذي فعل ذلك».

أما الشاب الذي تطوع لدفع الجمهور بعيدًا عنا، فقال دون أن أسأله: «أستاذ، أبوهما غالبًا هو المجرم؛ لأنه لم يسمح لأحد بالصعود إلى السطح؛ بحجة أن فيه بضاعة خاصة به، ولم يعارضه تجار الخان؛ لأنه مالك لأكبر حصة فيه». قلتُ: «وكيف عرفت ذلك؟»، أجاب: «أنا ابن أحد تجار الخان، وأردتُ الصعود إلى السطح ذات يوم، فمنعني والدي، وذكر لي السبب».

لم تُفرِج أسئلتي عن معلومات تفيدني في رفع دعوى قضائية على والد الفتاتَين في المحكمة بطريقةٍ تودي به إلى السجن المؤبد،

فلم أجد بدًّا من سؤال الحضور بصوت جهوري: «وصلتني رسالة من فاعل خير، وأتمنَّى من فاعل الخير هذا الاتصال بي هاتفيًّا على الرقم الذي سأخبركم به، وأرجو منكم كتابته، كي تخبروني بأيِّ معلومةٍ عنه».

ساعدنا الفتاتَين في الهبوط من الدرج وفي الصعود إلى سيارتنا، وانطلقنا باتجاه مركز الشرطة في (حي الشاغور) القريب، حيث التقيتُ العقيد رئيس المركز، ووضعتُه في صورة الحدث، والمفارقة أنه وسواه من ضباط الشرطة في عموم سوريا لم يعترضوا أبدًا على اقتحامي بيوت الأشخاص الذين يعنفون زوجاتهم وأبناءهم وبناتهم، أو يستبيحون إنسانيتهم بالسفاح؛ باعتبار أن تلك المهمة من اختصاصهم حصريًّا، كما لاذ القضاة الشرعيون بالصمت حيال سلوكي الذي يتجاهل دورهم كسلطةٍ قضائيةٍ مخولةٍ وحدها بمنح الإذن للشرطة بدخول تلك البيوت. وأعزو سبب ذلك إلى شعورهم بالتقصير في أداء مهمتهم، وخوفهم من فضح ذلك التقصير عبر برنامجي الذي يتابعه كبار المسؤولين؛ بمَن فيهم رئيس الجمهورية.

استلم رئيس المركز تفاصيل الحدث الذي أمليتُه على الشرطي كاتب المحضر، ووضعه في درج مكتبه، ونهض وصافحني قائلًا: «اطمئن.. سأهتم براحة الفتاتَين وأمنهما في غرفة خاصة؛ ريثما

تُعرض قضيتيهما على النيابة العامة لتأخذ قرارها»، وأضاف مبتسمًا: «أتوقع إرسال الفتاتَين إلى دار الفتيات الجانحات، ورُبما يُحكم على والدهما بالسجن مدة خمس سنوات مع الأشغال الشاقة».

في صباح اليوم التالي، تلقيتُ اتصالًا من فاعل الخير، واتضح أنه الشقيق الأصغر للفتاتَين، فطلبتُ منه الحضور إلى غرفتي في مبنى التلفاز، وأوصيتُه أن يُطلع مدير مكتب الأمن في مدخل المبنى على هُويته الشخصية دون خوف، وقلت له إنني سأترك عنده اسمه الحقيقي ليسمح له بالدخول.

توقعتُ أن ألحظ شبهًا بين أمير وأختَيه، لكنني فُوجئتُ بشابٍّ طويلٍ وسيمٍ ليس في وجهه ملمح مشابه لهما، وقد ارتدا بنطال جينزٍ أزرق، وقميصًا ملونًا، ولون بشرته أبيض نضر، وعلا وجهه الجميل شَعر أسود مُسرَّح بعناية، كأنه قادم للتو من صالون حلاقةٍ عريق. وإضافة إلى ذلك بدا واثقًا بنفْسه معتدًّا بشخصيته، فراح يعرفني بنفْسه وهو يصافحني بصوتٍ جليٍ كما يليق بشابٍّ متحضر قائلًا: «اسمي أمير الصفدي، وعمري إحدى وعشرون عامًا، وحيد أبي من أمي المطلقة، وأعيش معها في (حي أبي رمانة)، وأتابع دراستي الجامعية في (كلية الهندسة المدنية)، أصبحتُ في السنة الرابعة. وأنا فاعل الخير، وتحت تصرفك». قلتُ مُرحِّبًا: «أهلًا أمير، توقعتُك شابًّا أو مراهقًا بائسًا على شاكلة شقيقتَيك. لكنني

فُوجئتُ بشخصيتك الواثقة، فكيف تفسر لي ذلك التناقض في سلوك أبيك حيالك وحيال أُخَتَيك؟»، ابتسم كريم وأرسل آهةً حرّى، وهو يضع إحدى ساقَيه فوق الأُخرى، وقال:

– سأختصر لك مأساتنا مع أبي تاجر القماش الأغنى والأكثر قسوةً وجبروتًا بين تجار دمشق، فهو يملك ثلاثة أرباع الخان، ولديه حانوت لبيع الأقمشة الدمشقية التقليدية الباهظة الثمن في سوق الحرير، ومصنع للجوارب في الغوطة الشرقية، وسبع بيوت عربية داخل سور دمشق القديمة، وفيلا في مصيف بلودان، وشقتان كبيرتان في (حي أبي رمانة). رجل متعجرف متكبر، لا أعرف أحدًا يحبه، بما في ذلك إخوته وأخواته؛ بسبب استيلائه على معظم ميراث والده، واللغز العجيب الذي حيَّر كل مَن عرفه أنه متدين جدًّا لا تفوته صلاة في جامع الدرويشية، ويواظب على دفع زكاة أمواله، وحجَّ إلى مكة أربع مرات. وأعتقد جازمًا أنه أراد بذلك خداع التجَّار بمظهر الرجل الورع الذي يخْشى الله.

أما والدتي فتصغره بعشرين سنة، وقد زوجها أبوها إياه من دون رغبتها، بل دون أن تراه إلّا لحظة عقد القران، من ثقب مفتاح غرفة الضيوف. وأنا الآن أعيش معها في الشقة نفْسها التي وُلدنا فيها أنا وأختاي، وهُي تُمضي أيامها في عزلةٍ عن

الجيران، وحتى عن إخوته الذكور؛ مبررًا سلوكه بالخوف عليها من وسوسة الشيطان، كما منعها من مغادرة البيت إلا برفقته إلى السوق أو لزيارة أهلها مرة واحدة كل شهر، فظلت سجينة منزلها معظم الوقت. إلى جانب بخله الشديد، ومعاملته الفجة، فلم تشعر نحوه بمحبة، ولا ألفته يومًا. واختارت الصبر على تلك الحالة البائسة؛ لأجل ابنتَيها ثم من أجلي. والأدهى من ذلك أنه منع أُختيَّ من متابعة دراستهما بعد أن اجتازتا الصف الثاني الابتدائي؛ مُعللًا سلوكه بالخوف عليَهما من تحرش الصبيان بهما على طريق المدرسة، بينما سمح لي بإتمام دراستي، ولم يمانعْ في سهري مع أصدقائي حتى الساعة التاسعة ليلًا باعتباري ذَكَرًا.

وكم مرة ضرب أمي ضربًا مبرحًا أمامنا لأتفه سبب، مثل تأخرها في تحضير مائدة العشاء قبل وصوله، أو رفع صوتها في حضرته، أو دفاعها عن بنتَيها حين يضربهما. وكنتُ أرى ذلك الظلم ولا أجرؤ على مقاومته ولو بكلمةٍ أو بإشارة، فلو سمحتُ لنفْسي بذلك، فسأنال ضربًا وحشيًا قد أتعرض فيه لكسر في يدي أو جروحٍ في وجهي، كما حدث ذات مرة حين حاولتُ الوقوف بينه وبين أمي لأحميَها من وحشيته. وسبب هجومه الشرس عليها وعلى أُختيَّ كريمة ونادية أنه وجدهنَّ يجلسن على الشُّرفة ويضحكن، فنزع زنار بنطاله الجلدي،

وانهال جَلْدًا على رؤوسهن وصدورهن، فنزفن دمًا غزيرًا، وحاولتْ أمي على الرغم من ألمها الفظيع أن تمنع بجسدها النحيل أن يصل زناره إلى أُختيَّ فربما قتلهما، فتركهما وانهال بالضرب المبرح على أمي، ما اضطرني للقبض على يده بقوة، فجُنَّ جنونه، وهُرع إلى المطبخ، وعاد بسكين كبيرة، وهجم عليَّ محاولًا ذبحي، فاعترضتْه أمي صارخةً: «اقتلني أنا، ولا تقتل ابني»، فارتد نحوها ليطعنها، فضربتُه بقبضتي على يده ممسكة السكين بكل ما أُوتيت من قوة، فسقطت السكين على الأرض، فالتقطتُها ورميتُها بعيدًا إلى أقصى الصالة، فنظر إليَّ وإلى أمي مثل ذئبٍ جريح، وقال بصوت كالرعد: «خُذي هذا الكلب، واذهبي إلى بيت الكلاب أهلك، أنتِ طالق، طالق، طالق». أجابتْه وهي تنزف وتلهثُ: «نحن ذاهبان، لكن إذا اقتربتَ من بناتي في غيابنا، فإنني أقسم بالله سأقتلك».

مضينا معًا إلى بيت جدي وجدتي، وفورًا انطلق أخوالي الثلاثة، وقد تسلح خالي الأكبر وهو ضابط في الشُّرطة بمسدسه، ووصلوا إليه، وطرقوا الباب بعنف، وحين فتح والدي انهالوا عليه باللكمات حتى انهارت قواه، وتنفس بصعوبة وهوى على كنبة في الصالة، وقال: «سأشتكي للشرطة، وأضعكم في السجن». قال خالي الضابط: «هيَّا تعالَ لنرافقك مع بناتك إلى قسم الشرطة لترويَ لهم ما حدث، وستحضر بعد ذلك

أختي وابنها ليرويا مع بناتك القصة». صمتَ أبي وقال: «لقد طلقتُ أختكم، وسأوافيها بكل حقوقها، فانصرفوا عني». قال خالي الضابط: «لا نريد منك شيئًا سوى هذا البيت الذي ستنقل ملكيته إليها؛ لتعيش فيه مع ابنها وابنتَيها، وتنقلع أنت إلى بيتك الثاني فورًا، وإلا سأعتقلك وأرميك في الحجز؛ لتُعرض غدًا على القضاء بتهمة محاولة القتل العمد لزوجتك وأبنائك».

ثم أخذ منديلًا ورقيًّا من علبة مناديل على طاولة الطعام، والتقط السكين وقال: «وهذه بصمات أصابعك على مقبض السكين، وهي شاهد رئيس على محاولتك، إضافةً لابنتَيك وابنك وزوجتك، إلى جانب تهديداتك التي سمعها الجيران». أُسقط في يد أبي، فاستسلم لطلب أخوالي بالتنازل عن البيت، لكنه تمالك نفْسه، وقال: «أما بنتاي؛ فلن أتخلَّى عنهما؛ لأنهما عرضي وشرفي». نظر أخوالي إلى بعضهم، ثم قال الضابط: «نوافق شرط أن تتعهد في قسم الشرطة بعدم التعرض إلَيهما بأي أذى تحت طائلة المسؤولية القانونية».

وهكذا تمت إجراءات التنازل عن البيت، والتعهد في قسم الشرطة بعدم التعرض لأختيَّ.

كنَّا نتصل أنا وأمي يوميًّا بأختيَّ هاتفيًّا، فنطمئن على صحتهما،

وتشتكيان من شعور العزلة، وأنهما لا تريان بشرًا إلا من النافذة في غياب أبي. بعد حوالي شهرَين، لم نعد نتلقَّى جوابًا على اتصالاتنا المتكررة، فعزونا الأمر إلى عطل في شبكة الهاتف، لكن الانقطاع استمر عشرة أيام، ما أثار قلقنا، فأخبرتُ خالي الضابط، وذهبنا معًا إلى بيتهما الذي يبعد حوالي مئتَي مترٍ عن بيتنا. طرقنا الباب عدة مرات دون استجابة. يشغل البيت الدور الثاني كاملًا من البناء المؤلف من أربعة أدوار، فهبطنا إلى الدور الأول، وطرقنا باب الجيران، فخرجتْ إلينا عجوز نحيلة لطيفة الهيئة، وقالت: «أهلًا وسهلًا»، سألها خالي هل تعرف جارها وابنتَيه في الدور الثاني، وهل شاهدتهم خلال الفترة القريبة الماضية، وأردف: «أنا خالهما، وهذا أخوهما». ترددت السيدة قليلًا، فعرضتُ عليها هُويَّتي لتتأكد أنني ابن صاحب الطابق حقًّا، وعرض خالي بطاقة عمله في الشرطة، فاطمأنت وقالت: «صراحةً إن والدك شخص عصبي، أسمع صياحه كلما عاد مساءً من عمله، وهو يشتم ابنتَيه بعبارات سيئة أستحي من لفظها، لكنَّني لم أرَ أختَيك عن قربٍ أبدًا، بل أراهما أحيانًا خلف النافذة عندما أعود من السوق، ولكن ليس بوضوح لأنَّ بصري ضعيف، ولم أرَهما منذ فترة، ولم أنتبه هل خرجتا من بيتهما أم لا».

ذهبنا إلى الخان فورًا، فوجدنا أبي جالسًا كعادته أمام البوابة،

فلم يأبهْ لنا، بل استمر في شربِ الشاي متجاهلًا وجودنا. قلتُ له: «كيف حالك يا أبي؟»، فلم يرد. قال خالي بصوت جليٍّ حازم: «أين كريمة ونادية يا سيد سعيد؟»، ارتبك والدي قليلًا، لكنه تمالك نفْسه وتظاهر بالشجاعة، وأجاب: «وما علاقتك أنت ببناتي؟ هل نسيتَ أنني وليُّ أمرهما، أم أنك تستغل وظيفتك لتخيفني؟»، قلتُ بصوتٍ حانٍ رقيق، كأنني أقذف له بطوق نجاةٍ ينقذه من العاصفة التي أثارها خالي: «أريد الاطمئنان عليهما يا أبي». وبصوتٍ خفيضٍ دون أن يلتفت نحونا قال: «إنهما في غرفتهما، منعتهما من الخروج؛ لأنهما جلستا في الشرفة من دون إذني، وغدًا تنتهي العقوبة، ويمكنك التحدث إليهما عبر الهاتف، ولكن حذارِ أن تتدخل في علاقتي بهما، وإلا قطعتُ بينكم الاتصال الهاتفي نهائيًّا». قال خالي بحزمٍ: «لا تنسَ يا سيد سعيد أنني أحتفظ ببصماتك على السكين! وأزيدك علمًا بأنني رفعتُها وطبعتُها، وهي جاهزة للعرض على النيابة في حال تعرُّضك بالإساءة إلَيهما». لاذ أبي بالصمت ولم يرد على تهديده، لكنه بدا خائفًا إلى حد ما.

في الأيام التالية عدتُ وأمي للتواصل مع أختيَّ كالعادة، ولم نتوقعْ أنه سيجرؤ مرة أخرى على تغييبهما قسرًا. حين فقدنا الاتصال بهما بعد خمسة أيام، فوجئنا برنين جرس الهاتف،

وإذا بصوت أبي يصرخ في أُذن أمي: «أين بناتي؟ لقد هربتا من البيت، ولا بد أنكِ تخفينهما عندكِ! أقسم بالله إنني سأقتلكِ إن كنتِ فعلتِ ذلك». ولأن أمي تخافه وترتعد بمجرد سماع صوته، فقد أقسمتُ له إنها لم تَرَهما، فأغلق سماعة هاتفه.

ذهبتُ مع خالي إلى بيت أبي، فلم نلقَ جوابًا على طرقنا للباب، كما أن الجارة لم ترهما على النافذة منذ فترةٍ طويلة، فمضينا إلى الخان، حيث وجدنا والدنا يبكي بحرقة، وهو يقول: «لا أعرف أين ذهبتا، فقد عدتُ إلى البيت مساء أول أمس ولم أجدهما، وبحثتُ عنهما عند الجيران، وفي الشوارع القريبة من دون جدوى، فذهبتُ إلى (قسم شرطة أبي رمانة)، وقدمتُ بلاغًا عن فقدانهما، ووعدني رئيس القسم بالتحرِّي والبحث عنهما»، واستمر في البكاء، وهو يقول: «والله لم أبخلْ علَيهما بشيءٍ، وكل ما فعلتُهُ فهو بغرض الحفاظ على شرفهما، لكنها ناكرتان للمعروف مثلك ومثل أمك، لعنة الله عليكم جميعًا».

لم يقتنعْ خالي، وهو الضابط المحنك، بتلك الرواية، فأخذني من يدي، وعاد بي إلى بيتنا، وقال لأمي: «اطمئني سأعثر على ابنتَيك قريبًا». لكن تحرياته المتواصلة لم تُفضِ إلى نتيجة، وكذلك تحريات (قسم شرطة أبي رمانة)، فاستسلمنا للقدر؛ علَّ المستقبل يجلو حقيقة غيابهما.

تنتمي أمي إلى عائلة ثرية كعائلة أبي؛ فهي أيضًا ابنة تاجر أقمشة، وهذا سرُّ قبوله والدي زوجًا لأمي، على الرغم من فارق السن الكبير بينهما، إذ إنَّ أبي كان صديقًا لوالدها ويصغره بثلاثة أعوام فقط، لكن ثروة أبي أغرته بعقد تلك الصفقة التي لم يكن لأمي رأي فيها. وعلى هذا فقد تمتعنا أنا وأمي بحياةٍ رغدة هانئة، لولا قلقنا الدائم على أُختيَّ.

قبل حوالي أسبوع، وقد مضى على اختفائِهما ثلاث سنوات، تذكرتُ حكاية رواها لي والدي عندما كنتُ طفلًا، حينذاك كان يأخذني معه طيلة أيام العطلة المدرسية الصيفية إلى الخان، ويدربني على أساليب العمل في تجارة الجملة، ثم يرافقني إلى متجره في سوق الحرير، ويطلب من المشرف هناك تعليمي فنَّ إقناع الزبائن بشراء البضاعة؛ آمِلًا أن أكون في المستقبل ساعده القوي في حياته ووريثه بعد وفاته. وفي تلك الحقبة روى لي قصة ملكيته سطح الخان والغرفة، وأنه دفع ثمنهما لبقية الشركاء؛ ليخبِّئ في الغرفة الأقمشة النادرة المصنوعة يدويًّا من الحرير الطبيعي الباهظ الثمن، ولا يعرضها للبيع إلا حين تنفد من السوق تمامًا، فيحتكر بيعها بسعرٍ مرتفع.

حين تذكرتُ هذه القصة، راودني شك بأنه أخفى أُختيَّ في تلك الغرفة؛ فهو رجل عديم الرحمة، ويمكنه اقتراف الآثام

بعقل بارد إذا أمن النتائج. ولستُ أنا وحدي مَن يعرف عنه ذلك، بل أمي وأهلها وتجار السوق، وشركاؤه في الخان أيضًا، وكان التجار يتحاشون الصدام معه ليأمنوا شره.

بوابة الخان مفتوحة على مصراعَيها لا تُغلق أبدًا، فذهبتُ إلى الخان لأتأكد من شكي قبل أن أخبر أحدًا، وصعدتُ الدرج، وقبضتُ بأصابعي على قمة باب السطح، ورفعتُ جسدي حتى تمكنتُ من رؤية الغرفة، فناديتُ: «كريمة.. نادية، أنا أمير، هل أنتما في الغرفة؟»، ففُتح الباب، وهُرعتا بسلاسلهما إلى مسافة قريبة مني، وأخذتا تنتحبان: «خلِّصْنا يا أمير، إننا نموت هنا». سألتهما: «لماذا فعل بكما أبوكما هذا؟»، قالت كريمة: «وهل تُعاهدنا على كتمان سرنا؟»، قلتُ: «بالتأكيد».

روت لي كريمة قصتهما مع شابٍّ وسيمٍ رآهما من الشرفة، فابتسم لهما، ولوَّح بيده محييًا، فخجلتا من الرد، لكنهما بادلتاه الابتسام، وحين عاد في ضحى اليوم التالي، وأعاد الكرة في الابتسام والتحية، رفعت كريمة يدها قليلًا، فأشار إليها بالنزول، وأشارتْ إليه باستحالة ذلك.

أضافت كريمة روايتها بصوتٍ خافت: «استمر الشاب على تلك الحالة أربعة أيام، كنَّا خلالها نقضي معظم نهارنا في التفكير به، إذ لم يكن لدينا ما يشغلنا عنه سوى تنظيف البيت وإعداد

الطعام، وانتظار والدنا الذي لم نرَه يبتسم ولو مرةً واحدة. في ضحى اليوم الرابع، وبالاتفاق مع أختي، أشرتُ إليه بالصعود إلينا، وكنا نرتجف من الخوف، لكن حاجتنا للحديث مع أي إنسان تغلبت على الحذر والخوف، بل تمنينا لو أنَّ لدينا كلبًا أو قطة نتسلى برفقتهما؛ فنحن محرومتان حتى من مشاهدة التلفاز؛ لأن والدنا وضعه في غرفته وقفل بابها، كما قطع عنا الاتصال بالهاتف، وهو يقفل باب البيت عندما يذهب إلى عمله. لذلك قلت للشاب عندما طرق الباب: «والدنا قفل الباب ولا نستطيع فتحه». قلتُ ذلك وأنا أنظر إليه من العدسة المكبرة. وقلتُ بصوت خافت: «ماذا تريد منا؟»، قال هامسًا: «أريد التعرف إلَيكما؛ فأنتما فتاتان جميلتان لطيفتان، وأنا لستُ مرتبطًا بخطبة أو زواج». وأردف متسائلًا: «أين بقية عائلتكما؟ أليسوا في البيت؟»، أجبتُهُ: «نحن وحيدتان هنا، ووالدتنا مطلقة». قال: «ما رأيكِ أن آتي بمَن يصنع لكما مفتاحًا، فتخرجان معي زهاء ساعة أو ساعتَين غدًا، وتعودان عند الظهر؟!». لم تكمل أختي نادية التفكير، فردت: «أنا موافقة». وتبعتُها وقد استبد بنا الانفعال من الخوف والفرح والرهبة في آنٍ واحدٍ معًا».

سمعتُ أمير متخيلًا المشهد، محاولًا قراءة الحالة النفسية التي عليها الفتاتان، وبدا لي أن صراعًا قويًّا دار بين إرادتيهما

اللاواعيتَين وعقلهما القاصر عن كبحهما؛ فرغبتهما في التحرر من الأسر واجتلاء صورة العالم خارج ذلك السجن تنتمي إلى فطرة الكائن الحي، لكن الاطمئنان إلى شخصٍ غريبٍ ومنحه دور المحرر والقائد يعني إعلاءً تامًّا لدور العقل في التفكير والتخطيط والحذر، لكنني لم أستغرب موافقتهما السريعة، واندفاعهما في منزلقٍ خطرٍ قد يودي بحياتهما؛ لأن وجودهما وتربيتهما ومسار حياتهما قرره شخص تسيره فطرته وغرائزه التي ورثها عن عائلته، فهي متوالية وراثية بشرية لا تختلف كثيرًا عن حال الحيوانات التي تعيش وتموت بقيادة غرائزها.

تابع أمير:

- قبل أن يمضي الشاب، قالت له كريمة: «احذر أن يراك أحد أمام بابنا وخصوصًا مع صانع المفاتيح؛ فقد يراك أحدهم ويصل الخبر لأبي، فيقتلنا». قال: «لا تخافي سأكون حذِرًا جدًّا». غادر الشاب، ثم عاد برفقة صانع المفاتيح. وبعد عشر دقائق، أدار المفتاح في القفل ودفع الباب برفق، وهمس وهو يعطيني المفتاح: «غدًا سآتيكما في الساعة العاشرة صباحًا لأصطحبكما كما اتفقنا». ومضى.

لم ننمْ تلك الليلة، تقلبنا على فراشنا، نتهامس حول المغامرة التي سنخوضها، فتتردَّد إحدانا، فتشجعها الأخرى، فقد كنا

يائِستَين من مستقبلنا ولا ندري شيئًا عن مصيرنا، ولم يكن أمامنا خيار سوى اقتناص هذه الفرصة للتنفس بحرية، ولو أدت إلى موتنا.

هكذا فإن انسداد الأفق أمام الإنسان يدفعه إلى سلوك طريقٍ لا يعرف إلى أين يودي به، لكنه يسمح له في المجال للتعبير عن وجوده وكينونته الإنسانية، ولو إلى حين، مثله مثل السجين الذي يجدد معرفته لذاته في فترة ما يُسمَّى بالتنفس في ساحة السجن، حيث تساعده على تقطيع مدة الاحتمال والصبر حتى تنتهي فترة سجنه.

ارتدت الفتاتان ثوبَيهما الوحيدَين اللذَين كانت والدتهما ابتاعتهما لهما قبل مغادرتها، ووقفتا خلف زجاج النافذة تراقبان وصول الشاب. فجأةً رأتاه يخرج من حانوت البقالة أسفل البناء، ثم أدار رأسه يسارًا ويمينًا، وتقدم بخطى واثقةٍ هادئة نحو المدخل، ففتحت كريمة الباب وتركته مواربًا، فدفعه الشاب ودخل بخفةٍ وأغلقه خلفه، فيما الفتاتان ترتعدان من التوجس والخوف، فقد كانت تلك التجربة جديدة وغريبة لم تتوقعا خوضها في قوقعة حياتهما الضيقة الرتيبة، والتي خلت من الأحداث التي تستفز المشاعر، أو تستدعي التفكير، أو حتى تستدعي الفضول، فحياتهما أشبه بسفرٍ لا نهاية له، ولا هدف في صحراء شاسعة بلا معالم أو

أفق. بدا الشاب لطيفًا، معتدًّا بنفْسه، وعلى دراية وذكاءٍ في التعامل مع الإناث، ودفعهنَّ للاطمئنان إليه والثقة بقدرته على قيادتهن بأمان. سألهما: «متى يعود والدكما عادةً؟»، أجابت نادية سريعًا: «في الساعة السابعة مساءً». قال: «حسنًا، سنغيب ساعتَين فقط، فلا تقلقا، سنذهب بسيارتي إلى بيت خالتي، كي لا تظهرا في مكان عام فيتعرف إليكما أحد ما، وستجدان هناك ابنتها الكبرى في مثل عمرِك، وابنتها الثانية بمثل عمر أختكِ»، واستدرك سائلًا: «ما اسميكما؟»، قالت نادية التي لم تفلحْ في إخفاء شغفها بالشاب: «أنا نادية، وأختي كريمة. وأنت ما اسمك؟»، تريث قليلًا وقال: «هيثم، واسم أختي جمانة»، وأضاف مستدركًا: «زجاج سيارتي مظلل، أي أنَّ أحدًا في الشارع لا يستطيع رؤيتكما»، وقد أشاعت تلك المعلومة الفرح الممزوج بالقلق في روحَي المراهقتَين، وتهيأتا لخوض المغامرة بحماس، إذ إن للموت لذة عظيمة إذا كان ثمنًا للحرية.

لم يكن بيت خالة هيثم بعيدًا عن بيتهما، فقد تخطت بهما السيارة ثلاث جادات في (شارع أبي رمانة)، ثم انعطفت في الجادة الرابعة ودخلت تحت بناء من أربع طوابق، واستقرت في موقف داخلي للسكان، ومن هناك استقلوا مصعدًا إلى الطابق الرابع، فكانت رحلة الصعود السريعة تلك تجربةً لم يسبق لهما أن عاشتاها

من قبلُ. باب الخالة ذو مصراعَين عريضَين مرتفعَين من خشب الجوز البني الفاتح الزاهي. ضغط هيثم على زر الجرس، فانفرج مصراع الباب الأيسر عن امرأةٍ فاتنة الملامح طويلة لنحيلة تضيء وجهها عينان سوداوان واسعتان وبشرة ناصعة البياض شابتها حمرة خفيفة على وجنتَيها، وبدت في ثوبها الملون القصير، وكتفاها العاريتان أشبه بـ(باربي)، تلك الدمية التي تستهوي البنات الصغيرات، كما استهوت هي كريمة ونادية من اللحظة الأولى. كما أن صوت الخالة جمانة رخيم حانٍ وهي تستقبلهما بحفاوة لم تعتدها الفتاتان حتى من أمهما: «أهلًا وسهلًا»، قالت جمانة، وأردفت: «شرفتماني، تفضلا بالدخول». رافقهما هيثم إلى صالة فسيحة تعج جدرانها بصور فنانات عريات شهيرات بالطول الكامل، وقد حُف بكل منها إطار منقوش مذهب، ونُصبت في زواياها أطقم من الكنبات الوثيرة وتوسطتها سجادة ملونة دائرية، ونهض في صدرها جدار قصير من الرخام الأبيض المصقول، ظهرت خلفه خزانة خشبية دوم أبواب معلقة بالجار تموضعت على رفوفها زجاجات خمر متنوعة الألوان والأشكال.

جلست الفتاتان وهما في حالةٍ من الانبهار بكل شيء، وجلس هيثم والخالة كل على كنبة، مشكلين حلقة حول طاولة متوسطة الحجم، يعلوها رخام أبيض موشى بالأزرق. نادت الخالة: «تعالي

يا نسرين»، فقدمت فورًا شابة صغيرة في مثل عمر كريمة، ذات بشرة شديدة السمرة، وتتمتع بعينَين سوداوَين واسعتَين وقدٍّ ممشوقٍ مائلٍ إلى القصر، وقالت بلطف بالغ: «أهلًا بالآنستَين، أخبراني عما ترغبان في شربه»، ثم ضحكت وتابعت: «المشروب في بيتنا إجباري».

كان ما يجري أمام كريمة ونادية مفاجئًا وغير مفهوم، كأنهما في حلم لا علاقة له بواقعهما. لكنهما أدركتا أنهما تخوضان مغامرةً قررتا عدم الانسحاب منها كيفما كانت النتائج. قالت نادية مرِحةً: «أنا وأختي نحب الشاي». قالت جمانة: «هاتِ لنا جميعًا شايًا باردًا لتجربناه». لم تعترض الفتاتان، بل أحبتا تجربة الشاي البارد كفصل مشوقٍ من المغامرة. عادت نسرين بأربعة أقداح شفافة من البلور الرقيق، احتوى ثلث كل منها على نبيذ أحمرٍ قانٍ، ولأن الفتاتَين لم يسبق لهما أن تعرفتا إلى أي نوع من الشراب سوى الشاي والبابونج والليمون، فقد كان مذاق الرشفة الأولى مرًّا لم تستسيغاه، لكنهما أَلِفتاه بعد الرشفات التالية، وأحستا برغبة في الضحك، تحولت بعد حين إلى قهقهات شاركهما بها هيثم والخالة جمانة، وانتابت الجميع نشوة عارمة، لم يُفسدها انضمام رجلَين سمينَين إلى الجلسة، وقد حملا قدحَين من الخمر نفْسها، وانخرطا في ذلك الطقس المرح. وسرى الخدر حينها في أوصال الفتاتَين، ما سهَّل

على الرجلَين قيادتهما بلطفٍ كلٍّ إلى غرفة نوم مستقلة، وهكذا اغتصباهما دون رفضٍ مطلقٍ أو مقاومةٍ عنيفة، على الرغم من اختراق غشائي بكارتهما؛ فقد كانتا في حالٍ من الاستسلام لقدرٍ ساقه إليهما أبوهما أولًا، وساهم فيه الشاب وخالته لاحقًا.

احتفت بهما نسرين بابتسامة مشرقة، وسألتهما دون مواربة: «هيا أخبراني كيف تشعران الآن؟»، ولعلَّ ذلك السؤال أتى صادمًا مبكرًا عليَهما، فقد كانتا لا تزالان تحت تأثير الخمر والمشاعر المختلطة التي طغت على أحاسيسهما وتفكيرهما، ويستبد بعقلَيهما، فلا تستطيعان التمييز بين السلب والإيجاب، لا تستوعبان تمامًا ما الذي حدث، ولماذا أتى بهما هيثم إلى هذا البيت، بل خطر لهما أحيانًا أنهما تعيشان حلمًا ستفيقان منه، فكيف لهما أن تُجيبا على سؤالٍ غريبٍ من امرأةٍ غريبة في بيت غريب، سألتها كريمة: «أين هيثم؟»، قهقهت نسرين وأجابت: «إنه ينتظركما لتتناولا معه الفاكهة والحلويات؛ فهي ضرورية بعد المشقة التي بذلتماها»، وقهقهت ثانيةً، ومضت وهي تتمايل وتشير إليهما للحاق بها، ثم تقدمتهما إلى الحمام، وأشارت إلى منشفتَين كبيرتَين معلقتَين في خطافَين على الجدار، وقالت بمرح: «هيا اغتسلا سريعًا، وهذان سروالان داخليان جديدان جميلان لكما»، استحمت الفتاتان دون اعتراض، أو استفهام، كانتا مقادتَين كقطتَين أو كلبتَين، فقد

تشوش تفكيرهما، ليس بسبب الخمر الذي كاد تأثيره يتلاشى، بل بحكم شخصيتَيهما الهشتَين الاعتماديتَين التي صنعتهما تربيتهما المتزمتة.

بعث تدفق المياه الساخنة، وكذلك رغوة الصابون المعطر، ومن ثم مجفف الشَّعر في جسدَيهما النشاط، وتهامستا حول ما حدث لهما مع الرجلَين، وكيف سيؤثر فقدان عذريتهما على مستقبلهما إن اكتُشف أمرهما، وتصدت كريمة لمواجهة تلك المعضلة بالقول: «أفضل شيءٍ نفعله هو عدم العودة إلى البيت، والبقاء في بيت الخالة جمانة، فهي امرأة قوية لا تخاف». قالت الصغرى: «معكِ حق، ولكن علينا العودة إلى بيتنا أولًا لجلب بطاقتَينا الشخصيتَين ومجوهراتنا والبحث في غرفة والدنا عن بعض المال قبل أن نهرب إلى غير رجعة».

بدا موقفهما غريبًا من هيثم، الذي اتسم بالرضى والتسامح، لكنَّه بالنسبة لهما كان مخلِّصًا لطموحهما ورغبتهما الجامحة في التحرر من سجنهما، وذلك ما يفسر ذلك الموقف. لم تفاجأ الخالة الفاتنة جمانة بقدومهما بوجهَين مشرقَين مبتسمَين، فقد خبرت ردَّ فعل مثيلاتهما اللاتي وقعن في حبائلها وحبائل فريقها من قبلٍ، وتوقعت عودتهما سريعًا إلى حِماها، وتهيأت سلفًا لدعمهما بالمال وحمايتهما من أي طارئ، فقالت لهما: «لقد أصبحتما مثل بناتي،

وتستطيعان العيش معنا هنا إن رغبتما في ذلك، ولكما أن تعودا برفقة هيثم»، ومدت يدها لهما برزمة من الأوراق النقدية، فتناولتها كريمة، وشكرتها مظهرة انكسارها وولاءها، ووعدتها بالعودة قريبًا. عاد بهما هيثم إلى بيتهما، وهو يشعر بالرضى عن إنجازه العظيم الذي لم يتوقعه، إذ إنه في الحالات المماثلة السابقة تعرَّض للشتيمة من ضحاياه، بل من بينهنَّ مَن بصقت في وجهه، أو حاولت طعنه بسكين، ومعظمهنَّ كنَّ يدعون الله أن يحِلَّ نقمته عليه ويلعنه ويأخذه إلى جهنم، لكنه ولدهشته أحسَّ في هذه المرة بأنه قدّم خدمةً كبيرة للفتاتَين، حين أخرجهما إلى عالمٍ ساحرٍ ومفعمٍ بالرقة واللذة التي تذوقتاها لأول مرة، والأغرب من ذلك أنهما قالتا له قبل أن تهبطا من السيارة: «شكرًا جزيلًا؛ نحن ممتنتان لك على هذا المشوار الجميل، وننتظرك للعودة بنا إلى بيت خالتك بعد يومَين أو ثلاثة، بعد أن نجهز خلالها حاجياتنا، للهرب نهائيًّا».

صعدت الفتاتان بخفةٍ وهدوء إلى بيتهما، وفتحتا الباب حذرتَين، ثم جلستا في الصالة، غريبة تمامًا على مسيرة حياتهما منذ وعتا وجودهما في ظلِّ أُسرةٍ بائسة لا تعرف المرح والبهجة، وليس هناك بارقة أمل للمستقبل، أخذت الأختان تتحدثان عن تلك اللذة العارمة الممزوجة بالألم التي سرت في كل منهما في أثناء الجماع، وعن مدى لطف وكرم الخالة جمانة وجمالها.

كان عمر تلك المشاعر قصيرًا جدًّا، إذ إنَّ صاحب البقالة استوقف والدهما قبل أن يلج في سيارته، وقال له بدافعٍ من التزلف: «لقد تفاجأتُ برؤية ابنك أمير صباح أمس وهو يرافق ابنتَيك بسيارته، ما شاء الله لقد غدا شابًّا طويلًا وسيمًا، ففرحتُ به على الرغم من أنه لم يحيِّيني، أتمنى من الله أن يحفظه وأختَيه، ويديمك ذخرًا لهم». صُعِق الأب لما سمعه، لكنه تمالك نفْسه، وكتم غيظه، وشكر البقال: «ربي يحفظ أولادك».

لم يشكَّ الأب في رواية البقال، لكن ما أثار حنقه وأشعره بضعفه، هو جرأة ابنه أمير على استغلال غيابه واقتحام بيته، واصطحاب أختَيه دون خوف من انتقامه. ثم تذكر أنه غيَّر أقفال الباب الخارجي وأبواب الغرف بعدما طلق زوجته، فكيف دخل البيت دون أي كسر أو خلع للباب؟ فقرر فورًا أن يبتعد بسيارته مسافة كافية ليراقب مدخل البناء وهو في داخلها دون أن يلحظه البقال، أو ابنه في حال أعاد الكرة.

مضت ساعات الصباح والضحى والظهر دون أن يرى أي شخص يدخل البناء. فعزم على تكرار المراقبة في اليوم التالي، وفي ضحى اليوم الثالث، توقفت سيارة مظللة النوافذ قريبًا من مدخل البناء، وهبط منها شاب طويل وسيم كما وصفه البقال، لكنه لم يكن ابنه أمير، وترجل سريعًا نحو المدخل وولجه، ثم عاد

بعد بضع دقائق برفقة ابنتَيه، وراعه تبرجهما وثيابهما التي لا يذكر أنه ابتاعها لهما. لحق الأب سيارة الشاب وهي تمضي نحو الجنوب في (شارع أبي رمانة)، وانتظر حتى خرجوا من السيارة، وتوجهوا إلى مدخل بناءٍ يعرفه، فهبط من سيارته سريعًا وتبعهم حِذِرًا، وراقب شاشة المصعد وهي تشير على توقفه في الطابق الرابع، فانتظر ثلاث دقائق وصعد خلفهم، ومرةً أخرى تريث قليلًا، وهو يضع أذنه على الباب ليصيخ سمعه إلى ما ينبعث من أصواتٍ، وقد أخذته شكوكه إلى الظن بأن طليقته باعت بيتها واشترت هذا البيت كي تضلله عن عنوانها.

لكن أصوات القهقهات والعبارات المائعة التي سمعها لا يمكن أن تصدر عن طليقته وأخواتها أو صديقاتها، فعلى الرغم من حقده عليها، لا ينكر أنها امرأة محترمة. وأدرك بخبرته ببيوت الدعارة، أن ابنتَيه تحولتا عاهرتَين.

ضغط على زر الجرس، واتخذ الوضع الذي اعتاد عليه حين يرتاد مثل تلك البيوت، وهو وضع الرجل الثري الهادئ الواثق من نفْسه، فلم يعرفه هيثم من خلال عدسة الباب المقربة، فاستدعى جمانة، التي ما إن رأته حتى فتحت الباب مرحبة: «أهلًا أبو أمير»، فدخل كالثور الهائج، وأطبق بكفَيه الغليظتَين على عنقَي ابنتَيه، وكاد يخنقهما، وعيناه يتطاير منهما الشرر، وهو ينظر بوحشيةٍ إلى

جُمانة ويصرخ: «أيتها البترونة الحقيرة، كيف وصلتِ إلى ابنتيَّ؟! والله لأقتلنكِ».

كادت الفتاتان تلفظان أنفاسهما، لولا أن هيثم عاجله بضربةٍ قوية من ظاهر قدمه اليمنى على خصيتَيه، خرَّ على أثرها إلى الأرض يصيح من الألم، بينما ظلَّ هيثم واقفًا أمامه متأهبًا لضربه ثانيةً إن حاول الاقتراب من الفتاتَين، وفي تلك الأثناء حاولت الفتاتان الهرب، وهما تصيحان: «هذا أبي»، لكن ياسمين أسرعت إلى باب البيت، فأغلقته وقفلته بالمفتاح.

كانت نظرات أبو أمير الحاقدة مصوبة إلى البترونة جُمانة، لكنه عجز عن الحركة، وخاف من هيثم، فاستكان مرغمًا، وساد صمت ثقيل في أرجاء الصالة، التي انضمت إليها ثلاث من بنات الهوى، هُرعنَّ مذعوراتٍ على وقع الجلبة التي أحدثها والد كريمة ونادية، وقد شحبت وجوههن، ونَمَّتْ نظراتهن عن رعب شديد، ففي حالةٍ كهذه لا تلبثُ الشرطة أن تقتحم البيت وتعتقل كل مَن فيه. لكنهنَّ فُوجئن بواحدٍ من زبائنهن يتحول أمامهنَّ من رجلٍ معتدٍّ بماله وفحولته، إلى شخصٍ مستكين ضعيفٍ يجثو على الأرض.

وجد التاجرُ المهابُ المتغطرس نفْسه مجرد شخصٍ وضيع فاشلٍ في تربية بناته، وفي إدراك سرِّ السعادة القائم على تجاوز أناه إلى محبة زوجته وأبنائه، بل وكل مفردات الحياة، وضعيفٍ مثل حشرةٍ حيال

فتى قوّاد أقعده وأذله وحطم كبرياءه بضربةٍ من قدمه. ومع ذلك لم يندفع للتكفير عن ظلمه الفادح لزوجته وأبنائه، بل ما كان يشغله وهو يسترد عافيته شيئًا فشيئًا هو كيفية الانتقام لنفْسه من جرأة ابنتَيه على تحديه، والغريب أنه لم يفكر مطلقًا في الانتقام من هيثم أو البترونة جمانة؛ لأنه يعلم ما يتمتعان به من نفوذ يتجاوز سلطة الشرطة والقانون، ولأنه لا يفكر بالعزوف عن زيارة بيوت الدعارة، حيث يجد في رحابها ما يشبع غرائزه. إنه كأمثاله شخصية هشة، لا منطق يحدوها، ولا وعيَ يُنير طريقها، متناقضة في سلوكها المعلن والذي خلف الجدران. فهي تمارس الطقوس الدينية، وتساير العادات الاجتماعية، فتندفع للقيام بفروض الصلاة والزكاة والحج، لكنها في الوقت نفْسه تكذب وتغش وتقيد حياة أُسرتها تحت شعار الدين، في الوقت الذي تمارس الزنا دون شعور بالخطيئة، وقد يقتل الرجل الزاني ابنته لمجرد خروجها في نزهةٍ مع شابّ غريب، بل حتى ولو كان قريبها.

قال أبو أمير لجمانة، وهو يتكئ على مسند أريكة بقربه: «اطمئني لن أخبر الشرطة، مقابل أن أصطحب بنتيَّ إلى بيتي دون شوشرة». ضحكت جمانة ضحكاتٍ متواترةٍ مجلجلة قبل أن تجيبه ساخرةً: «أخفتني يا أبا البنات العفيفات من الشرطة، انظر إلى جسمي يرتعش يا قليل الحياء والعقل»، ثم بدلت سحنتها

إلى الصرامة، وأردفت: «أنت تعرف مَن أكون، وتعلم أن الشرطة لا تُخيفني، وأنك مَن سيموت من الخوف على سمعتك إن أنا استدعيتُ الشرطة. والآن سأسمح لك باصطحاب ابنتَيك شرط أن تُقبِّل يدي، لتشعر بما أنت عليه من ذُلٍّ ومهانة، وأنني أشرف منك لأنني لا أُخفي عهري، بينما تُخفي أنت عهرك ووحشيتك تحت غلافٍ من مظاهر التقوى والصلاح».

غلى الدم في عروق الرجل المتعجرف، كما يغلي المرجل فوق موقد مستعر، لكنه كان مجبرًا على اختيار الستر مع الذل، بدلًا عن الفضيحة التي ستودي بماضيه وحاضره ومستقبله، وكاد انكساره أمام ابنتَيه يثير شفقتهما لولا إصرار الخالة جمانة على تنفيذ شرطها، فقد كانت بخبرتها مع أمثاله من أصحاب المناصب الحكومية، وأصحاب رؤوس الأموال تعلم مدى وهن عزيمتهم حيال الفضيحة، ومدى استعدادهم للخنوع كي يحافظوا على سمعتهم، وقد استغلت جمانة ذلك السلاح مراتٍ مع كل مَن تجرأ على إهانتها بألفاظٍ جارحة. كانت تجد مسوغًا لممارسة مهنة الدعارة، ولكل فتاةٍ تلتقطها من قارعة الطريق، ولاجئةٍ إلى بيتها من قهرٍ لم تحتمله من زوج أو أب أو أخ. ترى في مهنتها أفضل سبيل للهروب من القتل أو الابتزاز الجسدي الذي يُفضي إلى الانتحار أو الموت البطيء، وقد قالت لي بعدما حررتُ الفتاتَين: «ليس بيننا أنا

والبنات اللاتي يعشن معي مَن اختارت هذا الطريق، وليس بيننا مَن يحبها. إنها أشبه بتناول السُّمِّ على جرعات خفيفة تنتهي بنا إلى الموت بسلام، عوضًا عن الموت تحت التعذيب أو القتل».

نفذ الأب ما طلبته السيدة سريعًا مطبقًا شفتَيه، ثم مضى بابنتَيه إلى بيته، وهو يضمر انتقامًا رهيبًا لاح لعقله المضطرب. وكان أن سجنهما في غرفتهما، وأوصد بابها دونهما، وتركهما فريسةً للقلق والقهر، ثم ذهب إلى سوق العصرونية القريب من الخان، وابتاع منه سلسلتَين من الحديد، وأربعة أقفال قوية ووضعها في كيس أسودٍ بصندوق سيارته، ثم مضى إلى سوق الهال القريب، ومنح أحد الصبية ليرتَين، وهو ما يعادل أجر يومه، وطلب منه جلب الخُضراوات التي يعف عن شرائها باعة الأحياء، فيرميها تجار الجملة في حاويات القمامة، وأعطاه كيسًا أسود ليملأه بها. بعد ذلك صعد بالكيسَين إلى سطح الخان، ووضع حمله في الغرفة الطينية الصغيرة القابعة على زاويته اليسرى.

حين جَنَّ الليل وفرغ الخان والسوق من الباعة والزبائن، أخرج ابنتَيه الجائعتَين من غرفتهما، واقتادهما إلى سيارته، ومشى بهما إلى غرفة السطح دون أن تنبسا بكلمة، ودون أن ينطق هو بكلمة، فقد كانوا جميعًا يرزحون تحت ضغط مشاعر الكراهية والغضب. فلم تكن الفتاتان مؤهلتَين للتصدِّي لأبٍ لا يملك في قلبه ذرةً من

رحمة. وقد استسلمتا لقدرهما أيًا يكن. ودون ترددٍ أو تمهلٍ، وضع القيدَين في الأيادي الأربع، وقفل كل منها وربط نهايتَي السلسلتَين في عمودٍ شاقولي يتوسط الغرفة ويدعم السقف الخشبي، ثم دلق الخضراوات العفنة على السطح إلى جوار الغرفة، وسار إلى باب السطح فأقفله دونهما، ومضى إلى بيته مغمورًا بنشوة الانتقام.

كان أبو البنات، أو أبو أمير أو كبير تجار الخان، يحمل تلك الألقاب إلى جانب لقب رابع هو الأقرب إلى قلبه، وهو الحاج سعيد، فهو يمنحه منزلةً اجتماعيةً بين أنداده من التجار، باعتباره رجلًا متدينًا يخاف الله في سلوكه مع الناس، فلا يغش ولا يسرق ولا يظلم، ويؤدي الفرائض الدينية جميعها، وكان هو نفْسه على قناعة تامة بأنه مارس العدل مع زوجته وأبنائه، فهو وليُّ أمرهم، له الأمر وعليهم الطاعة، ومن حقه زجرهم وعقابهم إن خالفوا أوامره بالطريقة التي يرى فيها تأديبهم، وهو لا يجد غضاضةً في ممارسة الجنس مع بنات الهوى؛ لأن من حقه، وفق فهمه للعقيدة، الزواج من أربع نساء، وما ملكت يمينه من الإماء، وهذه التسمية تتطابق في معتقده مع اسم بنات الهوى.

وهكذا فإن المعتقد الذي تتبناه الأسرة والمجتمع الضيق الذي يترعرع فيه الطفل يتحول إلى إرادات لا واعية تقوده دون تفكير؛ لأنَّ عقله مكبل داخل شرنقةٍ لا يسمع له صوت ولا يتأتَّى عنه

فعل، ومن أجل ذلك فلا سبيل لإرشاد الحاج سعيد وأمثاله، وليس من حلٍّ لدرء أذاهم سوى إنفاذ سلطة القانون.

وحال الفتاتَين كحال والدهما في إرث عقيدةٍ لا يدركان كنهها تتحكم بسيرورة حياتهما بإرادةٍ خفيةٍ أحالتهما إلى مجرد كائنَين بهيميَّين يُقادان بسهولةٍ إلى حيث يشاء الأب الذي تجب إطاعته؛ لأنها من طاعة الله، لكن إرادة الغريزة الفطرية تنازع إرادة الإرث على توجيههها نحو حياةٍ مختلفة تثير في مشاعرهما اللذة، ولذلك كان من السهل على هيثم وجمانة ونسرين حملهما إلى أحضان الرجال دون اعتراضٍ يذكر.

انكبت الفتاتان على حبات البندورة التي تلف بعضها وتفتت أجزاء بعضها الآخر، وعلى قطع الخيار والكوسا والفاصولياء وخصلات العنب المعطوبة التي تعافها النفْس، فأكلتا على مضضٍ بدافع من الجوع الشديد حتى شبعتا، ثم لاذتا بأرض الغرفة، واستسلمتا لنوم متقطع سادته كوابيس مرعبة.

لقد أغار ذلك التاجر على حياة زوجته وأبنائه، وكاد أن يقضي على حاضرهم ومستقبلهم، فباتوا يعيشون في شقاءٍ مقيم لا رجاء فيه ولا أمل، وهو مثل بعض الأثرياء المنشغلين بجمع المال وتلبية نزعاتهم إلى التميز على أندادهم والاستقواء والتسيد عليهم، مثلما تسيدوا على عائلاتهم، والحقيقة أن الحاج سعيد ليس أقلّ

شقاءً من ضحاياه، بل يتماهى معهم في نشاط إرادتهم اللا واعية التي تنجز مهامها الفطرية دون إذنٍ أو توجيه من الوعي العاقل لأصحابها، مثل خفقان قلوبهم وسريان الدم في عروقهم والهواء في رئاتهم؛ لأنه مثلهم لا يعي ولا يفهم حقيقة الوجود، فيعيش عبدًا لغرائزه البهيمية، وإن قادته لقتل مَن يُخالفه.

سألت أمير: «ألم يكن من الأجدر بك اللجوء إلى خالك الضابط لتحرير أختَيك بدلًا من تعريض سمعة والدك لفضيحةٍ إعلاميةٍ ربما يتردد صداها سنوات؟»، أجاب أمير وهو يعتدل في جلسته ويرشف ما تبقى من قهوة في فنجانه: «لقد فكرتُ في ذلك ساعاتٍ طويلة، وسألتُ نفْسي: هل أُضحِّي بسمعة أبي، أم أُضحِّي برسالةٍ إنسانيةٍ ساقني القدر لنشرها، فتكون سببًا في ردع أمثال أبي عن ارتكاب جرائم بحق زوجاتهم وبناتهم؟ لأن الاكتفاء بتحرير أُختيَّ وسجن أبي من دون علم أهل السوق خاصةً والمجتمع عامةً من خلال فضحه والتشهير به في برنامجك لن يردع أمثاله من طغيانهم على أُسرهم، وسيظنون كما ظنَّ أبي أنهم خارج المساءلة والعقاب، ولذلك قررتُ التضحية بسمعة أبي ولو أدت إلى ضياع مستقبله، مقابل أن تصبح نهايته البائسة نذيرًا لسواه من المتطفلين على الحياة السوية وحرية الناس».

بعد ذلك هاتف خاله الذي لاقانا أمام باب مبنى التلفاز،

وذهبنا برفقته إلى (قسم شرطة أبي رمانة)، ومن هناك اتصلتُ
بمحامٍ صديقٍ لي، فانضم إلينا وقام بالإجراءات المطلوبة لإطلاق
سراح الفتاتَين اللتَين انتقلتا للعيش في كنف أمهما وأخيهما بسلام.

بائعة الغاز

لا يستطيع عابر بالشارع الرئيس في (حي ركن الدين) أن يتجاهل مشهد تلك السيدة الممشوقة القوام، تقف على متن صندوق سيارة شحنٍ مكشوفة، وهي تحمل جرار الغاز المعدنية الزرقاء الثقيلة واحدةً تلو أخرى، وتناولها عاملًا واقفًا على الرصيف إلى جانب السيارة، فيناولها بدوره عاملًا آخر، يأخذها إلى داخل حانوتٍ كُتب فوقه بخطٍّ عريضٍ أنيق (ثُريا لبيع الغاز).

وقد كنتُ من المحظوظين برؤية ذلك المشهد المثير الذي استوقفني، وكان العامل الأول آنذاك يرد على ندائها: «خُذ سريعًا وحذارِ يا سعيد»، صادحًا: «أمرِكِ معلمتي ثريا».

ترتدي ثريا سروال جينز أزرق، وقميصًا من الكتان البنفسجي قصير الكُمَّين، عقدت طرفَيه فوق سرتها، فبدت أشبه بشاب نحيل سريع الحركة مفتول العضلات، لولا أن ضفيرتَي شَعرها السوداوَين

الطويلتَين تتأرجحان على ظهرها، ولولا ثدياها الناهدان البارزان فوق صدرها، وقد كبلتهما بحامل من قماش سميك يمنعهما من الاهتزاز، إضافة لصوتها الأنثوي الصدَّاح.

تلك المصادفة بالنسبة لصحفي تلفزيوني مثلي صيد ثمين، لا بدَّ من اقتناصه فورًا، لذا فلم أتردَّد في الاقتراب من العامل الأول كي تراني، وحينها ابتسمت لي وهي مستمرة في نشاطها، وقالت: «أهلًا وسهلًا، أمامي عشر دقائق، وأكون جاهزةً لاستضافتك في الحانوت، أرجو أن تدخل وتنتظرني». أدركتْ ثريا أنها ستحلُّ ضيفةً على برنامجي الشهير (السالب والموجب)، وبدت على ملامحها مظاهر الفرح الممزوج بالفخر. في ذلك اللقاء التحضيري حكت لي قصتها التي انتهت بها إلى أن تصبح أول بائعة غاز في دمشق العاصمة، بل وفي عموم سوريا.

نشأت عائلة ثريا في ذلك الحي الكبير الذي زحفت بيوته على سفح جبل قاسيون ووصلت إلى قمته من طرفه الشمالي، وعاشت في وسطٍ اجتماعي ينتمي جميع أفراده إلى القومية الكُردية المتمايزة عن المجتمع الدمشقي العربي، فقد كان لهم تاريخ مشترك، ولهم لغة خاصة، وعادات مختلفة، وعلى الرغم من انتماء معظمهم إلى الديانة الإسلامية، إلا أنها تحتل مرتبة متأخرة عن انتمائهم القومي الذي يمثل الأساس المكين الذي يضبط حياتهم، في منتصف

سفح الجبل شق شارع طويل وعريض تحفه من جانبَيه أبنية سكنية حديثة شاهقة، صُممت طوابقها السفلى لتكون حوانيت متنوعة المساحات تلبي أنواع الخدمات التي تقدمها للزبائن، مثل المفروشات، والأجهزة الكهربائية، ومحال البقالة واللحوم، ومحال لبيع الساعات وإصلاحها، وسوى ذلك من الخدمات. امتلك والد ثُريَّا حانوتًا متوسط الحجم في أسفل البناء الذي تقيم فيه مع عائلته، وأدار فيه ورشةً لإصلاح غسالات الملابس الكهربائية والثلاجات المعطوبة، وكانت ثريا ابنته الكبرى، يليها أخ، ثم أخت. وثُريا هي الأثيرة إلى قلبه منذ صغرها؛ بسبب حيويتها وسرعة بديهتها وشغفها بمراقبته وهو يعمل، فتعلمتُ مهنته خلال فترات الإجازات المدرسية، كما كانت مجدةً في المدرسة.

أما أمها؛ فكانت تجد صعوبة في التحدث باللغة العربية على العكس منها، ومن إخوتها الذين لا يعرفون من اللغة الكردية إلا النذر اليسير من العبارات التي يضطرون لاستخدامها في الحديث مع خالاتهم وعماتهم وجاراتهم المسنات. وهي إلى ذلك من صنف الأمهات المبالغات في حنانهن وتضحياتهن وسهرهن على سعادة أزواجهن وأبنائهن، إلى درجة التماهي مع متطلباتهم على حساب راحتهن.

أبرز معاوني والدها شاب وسيم نشيط يكبرها بعشر سنوات،

وقد تعلق قلبه بها وهي في سن العاشرة، لكنه لم يُبدِ حبه إياها؛ خجلًا وتأدبًا وفق عادات الكرد في صيانة عفاف البنات، ولجم أيَّ رغبةٍ في التقرب منهن إلا بقصد الخطبة والزواج. ولم تُكِنَّ ثريا له مشاعر خاصة، بل تتعامل معه كأنه من عائلتها لطول المدة التي قضاها مع أبيها في الحانوت، إلا أن مشاعر الشاب تتأجّجت مع مرور الوقت، وهو ينتظر الفرصة المواتية لخطبتها، وقد ظنَّ أن حصولها على شهادة الدارسة الثانوية ويلوغها سنَّ الثامنة عشرة هيَّأ تلك الفرصة.

لم تطمح ثريا مثل رفيقتها إلين إلى متابعة الدراسة في الجامعة، بل تحرقت شوقًا للعمل في حانوت أبيها، فقد كان ميلها شديدًا لمهنته في إصلاح الغسالات، وتحب ارتداء الأفرول الأزرق وتشخيص عطل الآلات، ثم فكها والنجاح في إصلاحها، وقد اختبرت قدرتها على فعل ذلك مرات عديدة، ما أدهش أباها والشاب وسيمًا، إذ أفلحت أحيانًا في معرفة سبب عطلٍ عجزا عن معرفته. وناداها والدها (المعلم ثريا)؛ افتخارًا بابنته التي تفوقت عليه. ومع ذلك فقد عارض انضمامها إلى ورشته بشكل دائم؛ تفاديًا لانتقاد أهل الحارة الذين لا يستسيغون رؤية فتاة جميلة تلبس مثل العمَّال وتقف بينهم، لكنه رضخ أخيرًا لإصرارها، لثقته المطلقة بشخصيتها القوية، ولفرط محبته إياها.

تجرأ وسيم بعد ثلاثة أشهر من عملها في الحانوت، فوضع في كفها رسالة كتبها على ورقة بيضاء محاطة برسم للورد، وموضوعة في مغلفٍ طُبعت على زاويته صورة قلب أحمر. فُوجئت ثريا بحركته، ولم يكن أمامها سوى إخفائها مباشرةً في جيب الأفرول، خشية انتباه انتباه أبيها والعمال، وعندما حلَّ المساء، أغلقت باب غرفتها واضطجعت على سريرها وقرأتْ:

«ثريا، انتظرتُ سبع سنوات وأنا أتحرق على جمر الحب الذي شعرتُ به منذ رأيتكِ أول مرة، وكثيرًا ما فكرتُ بترك العمل مع والدكِ والاستقلال بحانوت خاصٍّ بي، لكن خوفي من مفارقتكِ منعني؛ لأنني لا أرى مستقبلًا لي بعيدًا عنكِ، آه لو تعلمين كم ناجيتُ القمر والنجوم في الليالي الطويلة، وناشدتها أن تخبركِ عن ولهي بكِ. أعلم أنكِ ستُفاجئين برسالتي وكلماتي، لكنَّني أعدكِ بأنني سأترك العمل مع والدكِ وأرحل إذا لم تتقبَّلي بَوحي ورغبتي في أن نرتبط بزواج مقدس أبدي».

ارتعش جسد ثريا، وداهمها إحساس غريب على مشاعرها لم تعهده من قبل، فعلى الرغم من قصص الحب التي تستمع إليها من زميلاتها في المدرسة، إلا أنَّ المسألة أثارت استغرابها، كأنها مجرد قصصٍ خيالية مثل حكايات حب قيس وليلى، أو عنتر وعبلة، أو روميو وجولييت، التي قرأت أشعارها واستمتعت بها. صحيح أن

وسيمًا يحظى بتقديرها لابتساماته الرقيقة، ولطفه البالغ، وأمانته وتفانيه في عمله، لكنها لا تفتقده إذا غاب، ولا يزداد قلبها خفقانًا إذا حضر بعد غياب. كل ما في الأمر أنه شخص مهم، لا غنى في ورشة أبيها عنه.

تلك الرسالة الرقيقة أربكت مشاعرها، وأقلقتها، وباتت تفكر بطريقةٍ لتخطي أثرها، فأحست بالعجز، فلجأتْ إلى رفيقتها إيلين. وفي ركن منعزل من بيتها قرأت عليها الرسالة كأنها لا تعنيها، بل تسمعها قصيدة من كتاب مدرسي، فيما شهقت إيلين: «يا إلهي، ما أرق كلامه! إنه غارق في حبكِ إلى أُذنَيه، فاغتنمي الفرصة ولا تضيعيها». نظرت إليها ثريا وقد أذهلها رد فعلها، وقالت: «يا مجنونة، لا يهمني ماذا كتب ولا ما يشعر، المهم أنني لا أحس نحوه بأي شعور خاص، ساعديني فقط لنجد طريقة لنستمر في العمل معًا كأن شيئًا لم يحدث، فأنا أخشى أن يستقيل من الورشة ويترك أبي الذي يعتمد عليه في كل شيء».

أطرقت إيلين برأسها إلى الأرض، وأخذت تفكر، وبعد حين رفعت رأسها قائلة: «هل تحبين شابًا آخر؟»، ضحكت ثريا وقالت: «لا علاقة لي بالحب الذي تقصدينه؛ لأنني لم أقع فيه ولم أجربه». قالت إيلين: «حسنًا.. هل ترغبين في الزواج؟»، قالت ثريا: «لا أفكر في هذا الأمر مطلقًا، فأنا لا أزالُ صغيرة». قالت إيلين: «لنفترضْ

أنكِ فكرتِ بعد خمس سنوات، فهل تعرفين شابًّا يناسبكِ من معارف أسرتكِ؟»، أجابت ثريا: «لا. أشعر أنهم مثل إخوتي»، قالت إلين: «وهل تشعرين نحو وسيم الشعور نفْسه؟»، أغمضت ثريا عينَيها، وقالت: «لا. أشعر أنه شاب غريب، لكنه أنيس ولطيف». قالت إيلين: «لو فكرتِ في الزواج بعد خمس سنوات، فهل ستختارينه من بينهم؟»، أجابت ثريا سريعًا: «طبعًا؛ لأنه أحسنهم، والآن أشيري عليَّ بما أفعل؟»، قالت إلين: «اكتبي إليه: شكرًا على عباراتك الجميلة، أنت شاب رائع، لكنني لا أفكر بالزواج حاليًا، وأرجو ألَّا تكتب إليَّ مرة أخرى، ودمتَ لعائلتي خير صديق».

راقت الفكرة لثريا، فكتبتْ ما أملته عليها إيلين على ورقة صغيرة، لفتها حتى أصبحت بحجم لفافة تبغ، ودسَّتها صباح اليوم التالي في كف وسيم، ومضت إلى مساعدة والدها.

لم يقطع وسيم الأمل بالزواج من ثريا على الرغم من صدمته بردها الحاسم، وقرر تنفيذ طلبها. وهكذا تخطت الأيام حادث الرسالة، وأصبحت ثريا الفاعل الرئيس في الورشة، خصوصًا بعدما اشترى والدها سيارة شحن صغيرة، وفَّر من خلالها خدمة جلب الغسالات والثلاجات من بيوت أصحابها وإعادتها بعد إصلاحها، وكلف وسيمًا بهذه المهمة. اعتقد وسيم في البداية أنَّ معلمه قصد إبعاده عن ثريا لأطول فترةٍ في النهار، كي لا تظل في

محور تفكيره فيزداد شغفًا بها، لكنَّ أبا ثريا لم يخطُر بباله ذلك الأمر، بل إنه لم يعلم بقصة الرسالة، وإن كان فطن منذ سنوات لارتباك وسيم كلما أقبلتْ ثريا إلى الحانوت، وكان في قرارة نفسه يتمنى ارتباطهما، فقد اختبر صدق وسيم وأمانته وإخلاصه، ويدرك أن لا أحد من الشباب العزَّاب في محيط عائلته يفضله، بل إنه الأقرب إلى قلبه. وإنما دفعه إلى تكليفه بالعمل الجديد أن إضافة خدمة جديدة تريح الزبائن من مشقة حمل غسالاتهم نزولًا وصعودًا إلى حانوته، كما تزيد تلك الخدمة من دخل الحانوت.

والذي حدث أن وسيمًا اشتاق إلى ثريا، وأصبح يستعجل الوصول بحمله ليراها، بينما بدأت ثريا تفتقد وجوده الدائم، وتشعر بالغبطة خلال الدقائق التي يقضيها في الحانوت قبل أن يغادره مرةً أخرى. إنه الحبُّ الذي اكتشفت فجأةً أنه سكن روحها منذ قرأت رسالته مرات عديدة من دون أن تدري. فينبوع الحب لا يتفجر إلّا حين يجد مسربًا ينفذ منه في الصخر، وتحولت يوميات الحبيبَين إلى محطات انتظار للقاء ووداع صامتٍ إلا من نداء النظرات، وتلويحات الأيدي الخجلى.

انتظر وسيم لحظة تعبر فيها ثريا عن موافقتها على الارتباط به، وتنتظر ثريا مثله نفْسها لتعبر عن تلك الرغبة، فهي لا تزال في مرآة ذاتها فتاةً صغيرة على تحمل تبعات الزواج والأمومة، وهي

في ذلك الوقت تطمح لتحديث إدارة حانوت والدها بما يتلاءم مع ظهور الكمبيوتر واستخدامه في المؤسسات والشركات الكبرى، فانضمت إلى دورة تعلمت من خلالها كثيرًا من عمليات الكتابة والحساب والتنظيم والرسم والتلوين، وابتاعت على أثر هذا جهازًا محمولًا، واستخدمته في تسجيل نوع الغسالة أو الثلاجة، واسم صاحبها، وموعد وصولها، وإعادتها وتكاليف إصلاحها بدقة، وتحسب دخل الحانوت اليومي والشهري، وأجور العمال وصافي الربح، كل ذلك إضافة لعملها الذي أصبحت بارعةً فيه في الإصلاح، مستعينة بأحدث المعدات التي تكشف الأعطال سريعًا من دون حاجة لفك أجزاء الغسالة والثلاجة. لذلك كانت تصارع نفْسها لتأجيل الزواج على حساب عاطفتها الجياشة.

تطورت صناعة الغسالات، فأصبحت تغسل الثياب وتعصرها، فلا تحتاج بعدها سوى سويعات قليلة لتجف، فيما كانت قبل ذلك تقوم بالغسل فقط، كما ظهرت في السوق ثلاجات حديثة متعددة الخدمات، بعدما كانت القديمة تقوم بحفظ الطعام وإنتاج الثلج فقط، فقام كثير من الناس باستبدال غسالاتهم وثلاجاتهم، ما أدى إلى تناقص زبائن الحانوت باضطراد. وكان على والد ثريا أن يستبقي وسيمًا، ويصرف بقية العمال. وأصبح دخله لا يكفيه مؤونة العيش، وأدركت ثريا أن صرف وسيم من العمل

بات وشيكًا، فلم تحتمل فكرة غيابه النهائي عن ناظرَيها.

توقع وسيم أيضًا ذلك المصير كل يوم، وهو يجلس منتظرًا رنين الهاتف؛ علَّه يحمل إلى أذنه صوت زبون يطلب خدمة، لكن ذلك بات نادرًا، ولمح في عينَي ثريا بريقًا لم يعهده من قبل، أشبه بنداء يستخدم الضوء بديلًا عن الصوت، لكنه افتقد الجرأة على سؤالها عن فحواه؛ خشية صدها. أما هي؛ فكانت تأمل بمبادرةٍ منه تُرضي أنوثتها واعتدادها بنفْسها، ولم يكن هناك متسع للانتظار أكثر، فقرر وسيم أن يقوم بمغامرة البوح قبل فوت الأوان؛ إذ لا شيء سيخسره إن صدته، بينما سيكسب مستقبله إن استجابت له، فاستغل صعود معلمه إلى بيته تلبيةً لطلب زوجته، فاقترب من ثريا الجالسة على مقعد خشبي طويل تسند ظهرها إليه، واستأذنها بالجلوس، فقالت: «طبعًا.. تفضل»، فقال بصوت مضطرب عبارة واحدة: «ثريا، هل آن الأوان لزواجنا؟»، تلقفت ثريا السؤال مثلما ترتطم غيمة هائمة في الفضاء فجأةً بغيمة أخرى، فتضيء السماء بالبرق، وتضج بالرعد، ثم يهطل المطر.

هكذا أتى جواب ثريا مشفوعًا بدموع حبستها في مقلتَيها: «أعتقد أنني أصبحتُ جاهزة بعد أن كبرتُ سنتَين، وأصبحتُ في العشرين»، وأتبعت جوابها ضحكة خفيفة تلقفها وسيم بفرح غامر كاد معه أن يضم ثريا إلى صدره، لولا خوفه من الثمن الباهظ

الذي سيدفعه لمعلمه إن رآه، وأقلُّه رفض الزواج وطرده من عمله.

تعلم ثريا كثيرًا عن ظروف وسيم المادية، فلطالما حكى والدُها لأمها عن أحواله على مسمعٍ منها؛ ربما بقصد أن تكون على دراية بوضعه قبل أن تتورط في محبته، فذكر مرارًا أن وسيمًا ينتمي لعائلة فقيرة كثيرة العدد، وأنهم يسكنون في بيت مؤلف من غرفتَين في الجادات العليا من الجبل، وأن الأب موظف بسيط في مبنى محافظة مدينة دمشق، يساعده وسيم وهو الأكبر بين إخوته على تأمين نفقات العيش.

لكن ذلك الأمر لم يشغل تفكيرها، فهي لا تقيم الناس حسب ما يملكون من مال وعقار، بل تقدرهم وتحترمهم على سلوكهم وطموحهم وإخلاصهم، وعلى هذا الأساس احتل وسيم قلبها وشغل تفكيرها، وخصوصًا بعد رسالته التي انعطفت بها إلى مسار جديد لا تدري إلى أين سيأخذها.

لم يكن فارق السن، الذي جاوز عشر سنوات، عائقًا بين الحبيبَين؛ فكلاهما يشعر كأنهما وُلدا في الساعة نفْسها، وعاشا التجارب نفْسها، واكتسبا الخصال نفْسها، ويطمحان لتعلم كل جديد لمواكبة تتطور العصر، وقد فكرا معًا في تبديل مهنتهما إلى مهنةٍ أكثر رواجًا ودخلًا، فاقترحا على والد ثريا أن يتحول الحانوت إلى مركزٍ لتوزيع أسطوانات الغاز المنزلية الذي تفتقد إليه المنطقة،

ويضطر الناس لحمل أسطوانة الغاز من مركزٍ بعيد في شارع ركن الدين التحتاني إلى الجادات العليا، أو شرائها من الباعة الجوالين بسعرٍ مرتفع. وافق الأب على الفكرة، واستطاع خلال فترة وجيزة الحصول على ترخيص من المحافظة يسمح له ببيع أسطوانات الغاز، وتم الأمر بمتابعة حثيثة من والد وسيم الذي يعمل هناك. وهكذا استُبدلت العبارة المكتوبة على لافتة الحانوت، بعبارة (ثريا لبيع الغاز)، وتحتها بخط أصغر (توصيل الأسطوانات إلى المنازل مجانًا)، متبوعة برقم الهاتف. تم ذلك تلبيةً لرغبة والد ثريا.

استقبل سكان الحي تلك الخدمة الجديدة بارتياح كبير، وبدأت طلباتهم ترد عبر الهاتف منذ اليوم الأول، وتتزايد مع مرور الوقت، حتى باتت تلبيتها تحتاج إلى عامل إضافي، ثم عاملَين، وازداد دخل العائلة إلى الضعف، فزاد أبو ثريا أجر وسيم، ما شجعه على استعجال الارتباط بثريا، فوافقت كما وافق والداها، لكن والد ثريا قلق بشأن سكنهما، إذ إن انتقال ثريا للعيش مع أهل وسيم حسب التقاليد، سيكون مزعجًا لهم وللعروسَين، ووجد الحلَّ في تقسيم الحانوت قسمَين، الأصغر للعمل والأكبر لسكن العروسَين؛ إذ وجد أن مهنته الجديدة لا تحتاج إلى مساحة كبيرة. فرح العروسان بالفكرة، وتفرغ والد ثريا للإشراف على إنجاز السكن الجديد، وتولى وسيم شراء مستلزمات البناء، وقام

أقرباء العائلتَين من المتخصصين في تشييد المساكن بالعمل مدة أسبوعَين دون مقابل، وكانت تلك المدة كافية لإنجاز شقة جميلة مؤلفة من غرفتَين وحمام، ولها باب يفتح على رصيف الشارع، إلى جانب باب الحانوت.

أُقيم حفل الزفاف بعد ذلك في البيت الجديد، وانهمرت على العروسَين هدايا الأقرباء والأصدقاء، وجميعها لبت حاجات منزلهما من أثاث وأجهزة.

كانت مهمة وسيم حمل الأسطوانات إلى المنازل وتركيبها والعودة بالأسطوانات الفارغة، حتى إذا بلغ عددها عشرين، ذهب بها إلى المركز الرئيس في حي الزبلطاني البعيد، فاستبدلها بأخرى معبأة، ويعاونه في كل ذلك عامل واحد.

بينما تفرغت ثريا للرد على الهاتف وتسجيل الطلبات، إلى جانب التحصيل المالي ودفع الضرائب والأجور. واكتفى والدها بتفقد العمل بين وقت وآخر خلال النهار، بعدما أصبح هرمًا لا يحتمل المشقة.

وصفت الحياة لوسيم وأهله الذين يتلقون دعمه أكثر من قبل، وعجز عن إخفاء سعادته البالغة أمامهم؛ إذ إن الابتسامة لم تعد تغادر شفتَيه، وبريق عينَيه يكفي للوشاية بعشقه ثريا، والحقيقة أن أبوَيه شاركاه مشاعره، حتى أن أمَّه قالت لأبيه على مسمع

منه: «ابنك نال فتاة أحلامه، هذه الفتاة جوهرة نادرة»، ورد أبوه ضاحكًا: «لكن ثريا نالت الجائزة الكبرى باختيارها شابًّا نادرًا مثل وسيم أيضًا».

ازدادت شعلة الحب بين الزوجَين الجديدَين اتقادًا مع اكتشاف كلٍّ منهما مكنون الآخر الزاخر بالحنان والإيثار، وكانت أحاديثهما عن المستقبل تغيبهما ساعات عن الحاضر، وتأخذهما إلى بيت أوسع يحتوي على غرفة لابنهما القادم وأخرى لابنتهما، وثالثة لمبيت الأهل حين يزورهما، ورابعة للضيوف، وخامسة لهما، وحديقة مسورة بأشجار المشمش والتفاح والتين والليمون، ومفروشة بالعشب الأخضر والورد. وحين ينتبهان إلى رنين الساعة تعلن عن الثالثة صباحًا، يجدان نفسَيهما متعانقَين على السرير في غرفتهما الصغيرة، فيستغرقان في الضحك، ثم يستسلمان لنومٍ عميق.

في تلك المرحلة المبكرة من زواج عاشقَين صغيرَين مكافحَين، يبدو لهما أفق الحياة بلا حدود، ويشعران أنهما يملكان الحاضر والمستقبل، ويحتضنان أهلهما والناس من حولهما، ويذوبان معًا في رحاب الحب والحنان والألفة، كل شيء ينعكس في مدى أعينهم نقيًّا بهيًّا كصفاء السماء والينابيع، ولا تشوش أفكارَهما أفكارٌ تتعلق بالمرض أو الفرقة أو الموت، على الرغم من أنهما يشاركان الآخرَين زيارة المرضى، وتعزية أهالي المتوفين، فهما إذ يفعلان

ذلك فإنما يقومان بواجب اجتماعي لأناسٍ يخضعون لمصائر لن تصيبهم يومًا.

هكذا عاش الزوجان في طقسٍ قوامه مزيج بين الكفاح اليومي وأحلام المستقبل الواعد، وتحقق حلمها في إنجاب طفلتهما الأولى بعد سنة من زواجهما أسموها (وعد)، ثم طفلهما في العام التالي، وأسموه (رعد)، وتكفلت أم ثريا برعاية الطفلَين في أثناء عمل أمهما التي لم تنقطع عنه سوى بضعة أيام قبل الولادة وبعدها، حيث قام والدها مقامها. وما لم يدرْ في خلد ثريا ولو للحظة أن القدر يقسو أحيانًا ويالقدر نفْسه من العسف على أطهر الناس وأرذلهم.

غادر وسيم الحانوت وقد امتلأ صندوق شاحنته بأسطوانات الغاز المملوءة، ضاجًّا كعادته كل صباح بالحيوية والنشاط، ويشع وجهه بالبشر والنضارة، ويفتر ثغره عن ابتسامة تشبه طلعة الفجر، وقال لثريا وهو يلوح لها مودعًا: «لن أتأخر»، وأتبعها بصوت خفيض ممطوط: «أحبُّكِ قدَّ البحر والسماء والأرض». ومضى في الشارع، ثم انعطف إلى اليسار هابطًا إلى الجادات السفلى، حيث عليه أن يتوقف بجانب الرصيف الأيمن مقابل أحد المطاعم ليبدل له أسطوانتَين مليئتَين بمثيلتَيهما الفارغتَين، فلما انتهى من عمله، وحمل الأسطوانتَين وخرج مسرعًا من باب المطعم قاطعًا الجادة ليصل إلى شاحنته، داهمته سيارة ركاب صغيرة

مسرعة، ارتطمت به ويحمله، ثم دهسته. حدث ذلك خلال ثوانٍ قليلة، حتى أن وسيم لم تُتح له فرصة الصراخ من الألم، ولا نطق كلمة يمكن للشهود الذين تجمهروا حول جثته أن ينقلوها لزوجته وأهله، فقد فارق الحياة بسرعة البرق، كأنه لم يكن قبل ربع ساعة فقط يُقبِّل طفلَيه وخدَّي حبيبتِه، وكأنَّ القدَر رسمه وتركه يبهر الناظرين فترة قصيرة، ثم مسح الرسم غير آبٍ بمَن عشقوه.

كان وسيم مشهورًا في كل حي ركن الدين، في جاداتها العليا والسفلى، في شارع ركن الدين الرئيس، ومنطقة ركن الدين الموحد التي تليه في الجنوب، وأيضًا في الأحياء المتصلة به مثل حي الميسات غربًا، وأحياء برزة شرقًا؛ لأن خدماته في تركيب أسطوانات الغاز وصلت إلى بيوتها، وكان محبوبًا لدماثته وأمانته ومحياه المشرق دائمًا بابتسامته المشرقة، لذلك فإن خبر مقتله بتلك الصورة البشعة أشاع الحزن العميق بين مئات الأشخاص، ولم تمضِ دقائق على الحادث المروع حتى وصل الخبر إلى ثريا وأهلها وأهل وسيم.

وفورًا سقطت ثريا أمام باب الحانوت مغشيًّا عليها، ولم تفقْ من غيبوتها في (مشفى أمية) القريب إلا بعد ساعتَين، وحين فتحت عينَيها، رأت أمها وأباها وحماها وحماتها مسربلين بالسواد والدموع تملأ محاجر أعينهم وتنساب على خدودهم جداول بلا توقف، مترافقة بأنّات تقطع نياط القلب، وهي التي دخلت في غيبوبة؛

لأنها أبت أن تصدق أن نصف روحها قُتل وزال من الوجود، وها هي تعود لتواجه الحقيقة، لكن نصف روحها الباقي يرفض موت توأمه، ونهضت من سريرها، وأخذت تركض في ممرات غرف المرضى وهي تصرخ: «وسيم، حبيبي وسيم، قلبي وسيم، أريد رؤية وسيم»، فيما أمسكت إحدى الممرضات ذراعها خوفًا عليها من إيذاء نفْسها، وبقية الممرضات يهرولن معها حائراتٍ عاجزاتٍ عن مساعدتها، إلى أن وصل طبيب قادها إلى ثلاجة المشفى، حيث وسيم لا يزال على عربة الإسعاف ملفوفًا بقماش أخضر.

أزاح الطبيب الغطاء عن وجه وسيم، وعلى الرغم من اصفرار وجهه إلا أن ابتسامته ظلت معلقة بين شفتَيه، وكأنه استبقاها خصيصًا لثريا كآخر صورةٍ تذكاريةٍ ترصدها عيناها وتحفظها في ذاكرتها إلى الأبد، فلم تتحْ له عجلة السيارة فرصةً ولو لثوانٍ ليترك لحبيبته كلمة وداع واحدة، لقد تمنى والعجلة قرب رأسه أن يناجيها: «حبيبتي وملاكي وتوأم روحي، أنا لم أمتْ، بل أحيا في روحكِ، وأنطق بلسانكِ، وأربي أطفالنا معًا، فلا تبكي كثيرًا، ولا تطيلي الحزن؛ لأنكِ إن فعلتِ أتعبتِ روحي، وأنتِ لن تسمحي بفعل ذلك لحبيبك».

مع ذلك فقد سمعتْ رسالته وهي تعانقه وتُقبِّل وجنتَيه، وتلملم الابتسامة من شفتَيه بأصابعها كما كانت تفعل عندما

يسترسل في ترتيل كلمات الغزل، فتضغط بأصابعها النحيلة على شفتَيه لتوقفه، قائلة: «توقف أرجوك، لم أعد أحتمل». ثم ناجته: «أقسم بالذي خلقك لن أتركك، ستكون معي كما كنتَ في ليلي ونهاري، وفي نومي حتى ألحق بك». قالت ذلك بعد أن زلزل الحدث كيانها، وصار موت وسيم واقعًا لا يمكنها إلّا قبوله، ولكن بشخصيتها التي لا تركن لمصيبة، ولا تقبل الهزيمة، ولا تغادر ساحة الحب، ولو أتى عليها الحريق. فوسيم لم يكن مجرد جسد يقود سيارة ويحمل جرار الغاز، بل هو ملاك يسكن روحها ويسري في دمها ويخفق داخل قلبها، ولذلك فهو عصي على الموت طالما عاشت روحها وخفق قلبها.

تابع شقيق ثريا دراسته الجامعية، وصار مهندسًا مدنيًّا، وسافر إلى الإمارات العربية المتحدة، وبدأ العمل في شركة بناء، أما أختها الصغرى فلا تزال في سنتها الثالثة في كلية التربية بجامعة دمشق وتحتاج إلى الرعاية من أُسرتها، وأصبح والدها في سنٍّ متقدمة وجاوز الثمانين؛ فكَلَّ بصره وضعف سمعه، ومع ذلك يجلس في صدر الحانوت، ويتابع حركة البيع والشراء بصعوبة، فيما تولت الجدَّة رعاية طفلَي ثريا، وإعداد الطعام للأُسرة كلها.

كان على ثريا أن تحتل مكان وسيم، فتدربت على قيادة السيارة، وأصبحت تقودها، وتُركِّب للزبائن جرار الغاز، وتذهب إلى

مؤسسة التوزيع مع عاملَين صغيري السن من أقربائها، فتستبدل الجرار الفارغة بأخرى مملوءة، وتعود بها إلى الحانوت لتخزنها. كان عملها مرهقًا يثير شفقة والدَيها وعموم أهل الحي، كما يشعرهم بالفخر بابنتهم.

أما هي؛ فلم تحسَّ التعب، بل تقول لهم: «لستُ وحدي، وسيم يرافقني ويحمل معي، وأنا سعيدة بعملي». وتستشعر القوة والصمود كلما سمعت كلمات التشجيع من الناس. وقد روتْ لي في نهاية لقائي التلفازي قصةً حُفرت في ذاكرتها إلى الأبد، فذات مرة صعد شيخ مسن غطى الشَّعر الأبيض رأسه ولحيته، إلى صندوق سيارة الشحن بينما تحمل الجرار وتناولها للعامل، ثم أمسك كفها، وقبَّلها، وقال بصوتٍ متهدج: «بارك الله فيكِ يا ابنتي، هذه اليد يحبُّها الله».

المحتويات

AF438958